栄村に栄えあれ

信州最北の村にたぎる人々の力

山口真一 著

ほおずき書籍

発刊にあたって

栄村長　宮川幹雄

南雲充子さんは、雑草のようにたくましく、そして周りのみんなを明るくしてくれる人だ。醸し出す雰囲気には、若干の粗雑感がないわけでもないが、それがまた彼女の魅力の一つだとも思っている。そして、いつも大きな自信があってのことども思えないが、常に自分の意志で決断をし、実行に移せる勇気と行動力に満ちている。栄村の「居酒屋ババ」に変身した元・教頭先生の熱き胸の内にふれてほしい。

保坂良徳氏は、どちらかというと「頑固・一徹・まじめ」といった言葉があてはまる好人物だと思っている。そんな彼が、村の消防団長として平成二十三年（二〇一一）三月十二日の大地震に直面した。牛飼いの消防団長は、家業を二の次として見事にその職責を全うした。当時は家業を優先できない苦悩など、我々にはその姿を微塵も見せることはなかった。

福原和人氏は栄村の議会議長であり、そして熊撃ちの名人で、秋山郷の民宿「出口屋」の主人でもある。ほかにも山岳ガイド、遭難救助隊員など、いろいろな顔をもって幅広く活躍されているわけであるが、その活動につながるすべての思いの源流は、この村を愛し、この村でいかに生きていくかというところからのものと感じている。

坪内大地氏と私との接点は、残念ながらほとんどなかった。しかしながら、秋山郷においての坪内夫妻の誕生は、私にとっても大いに気になる存在となった。本書によって、今までの彼の生きざまには、ほんの少しふれることができただけであるが、今、彼本人と山奥に来た奥さんへの興味が大きくふくれあがっている。奥さんともども「酒好き」とのこと、ぜひこれからでも親交を深める機会があればと願っている。

本書に登場する皆さんは、いずれもエネルギッシュだ。そして、今を真剣に生きることが、未来につながるとの信念の持ち主だと私は思っている。

地震の後、私たちの未来は霞がかかって不明瞭で、一秒先にも不安があった。それでも、十年近くの時が経って、前に進もうとする勇気というエネルギーが満ちてきているような気もする。時間の経過とともに、大地震の記憶も少しずつ薄れていく中で、今回「栄村人」に応援のスポットを当てていただいた、とっても温かいまなざしの著者・山口真一先生に心から感謝を表して、発刊のお祝いとしたい。

みやがわ・みきお

昭和二十八年（一九五三）、栄村生まれ。下高井農林高校卒業後、栄村役場の職員として勤務。企画観光課長や教育委員会事務局長、教育長などを歴任する。退職後、令和二年（二〇二〇）四月の村長選挙に立候補、初当選を果たす。

栄村に栄えあれ
信州最北の村にたぎる人々の力

◎目　次

カバー写真：坪内　大地

はじめに――栄村が揺れた日

地図上で見る長野県は、南北に向けて細長い形をしています。下水内郡栄村は、その最北東部に位置します。

栄村は長野県内に限らず、多くの市町村と周囲を接しています。西側はほとんど長野県との隣接で、北から飯山市、野沢温泉村、木島平村、山ノ内町。北から東にかけては新潟県上越市、十日町市、中魚沼郡津南町、そして南魚沼郡湯沢町。特に津南町との境界部分が長くあります。山が連なる南端部の向こう側は、群馬県吾妻郡です。周囲を多くの自治体と接し、南北に細長い形は、地図で見直せばどことなく長野県そのものの形に似ていなくもありません。

栄村は、昭和三十一年（一九五六）に下水内郡水内村と下高井郡堺村が合併して発足しました。「堺」は、現在も大字として村内の広い区域に名を残します。長野市内で犀川と合流、北上を続けながら飯山市、野沢温泉村を経て村内を流れるのは千曲川。かつては某男性歌手のヒット曲の題名としても有名になりましたが、令和元年（二〇一九）十月、台風19号の影響により長野市内で同川の堤防が決壊、氾濫が起こり周辺地域に大きな被害をもたらしました。近くの北陸新幹線車両基地の浸水した映像が繰り返し全国に向けて報道され、にわかに世間の耳目を集めた川です。千曲川は、栄村（長野県境）の中を横切り、ここを過ぎて新潟県に入ったところで不思議なことにその呼び名が、長野県の古名を冠した「信濃川」と変わります。

陸路に目をやれば、道の駅「信越さかえ」が置かれた国道117号線と並行するように、村を横断するJR飯山線の駅は、村内に四つ。特に村の中心部にある森宮野原駅には、JR日本最高積雪地点を示す指標（昭和二十年二月十二日に七メートル八十五センチの積雪を記録）が立つように、栄村は日本有数の豪雪地帯です。「栄村＝長野県の北端＝豪雪の地」とは、一般に定着したイメージでしょう。

森宮野原駅の指標

さて、森宮野原駅の西隣には、地震災害とその復興の軌跡を後世に伝えていく目的で、栄村森宮野原駅前複合施設「震災復興祈念館・絆」が建てられています。

現在の栄村を語るのに「長野県北部地震」は欠かせません。

平成二十三年（二〇一一）三月十二日。前日の午後に起きた東日本大震災の混乱が続く中、夜明け前の栄村を突然襲った大災害。当時まだ雪深かった村にとって、空前の衝撃でした。最大震度6強。道路や鉄道が破損し、ライフラインが寸断、多くの村民が緊急の避難生活を余儀なくされました。次々と襲う震災パニックと不測のトラブルの中、奮闘を続け、村の復興とともに地震がその後の人生に大きな影響を与えた二人の村民の半生を紹介します。

道の駅「信越さかえ」

震災復興祈念館・絆

1

かつては村の教師、今は居酒屋店主にして震災伝道師

南雲充子の章

一瞬にして一変

平成二十三年（二〇一一）三月十一日、午後三時近く。長野県下水内郡栄村立北信小学校の教諭・南雲充子は、六時間目の授業中だった。

北信小学校は三月末をもって閉校となり、四月からは村内の栄小学校に統合されることが決まっていた。この年の全校児童は八十六人。すべての学年が単級で、充子は三年生の児童十一人の担任だった。

突然、左右への大きな揺れを感じた。

地震発生！

普段の避難訓練の成果が生きて、子どもたちは何も言われなくても自発的に机の下へ身を潜めた。ところが、いつになく揺れが長い。まるで波に揺られる船にでも乗ったかのように教室が、校舎全体が揺れている。今までに経験したことのない異常な事態に、やがて「怖いよー、怖いよー」という声が聞こえた。しばらくして揺れが収まり、テレビなどから情報を得られるようになると、それが東北地方で起きた大きな地震だとわかった。

その日は大事をとって下校時刻を早め、北信小学校の全児童は保護者の迎えを待っての下校となった。

急な日課変更のため、中には保護者の仕事の都合で、迎えがすぐにはできない児童もいる。教室に残ったそんな子らとテレビの特別報道番組に見入っていた。画面には、東北の惨状が繰り返し映し出されていた。街が波にのまれる。車も家も、船も濁流とともに軽々とどこかへ流されていく、信じがたい光景だった。

この日の夜は、普段やっているママさんバレーの総会があった。東北の震災も長野県の北端の村には影響はなかった。酒席では

「オラほうは大丈夫だよ。地震来たったって海ないからさ。あんなふうに津波にのまれることはないわ」

などと軽口を叩いた。東北の地震や津波の被害が甚大なのは知っていたが、やはり対岸の火事だった。

そして帰宅、床に就いた頃には時計の針が十二時を回り、三月十二日が始まっていた。卒業式まで、あと一週間ほどだ。〝明日からは、子どもたちの成績の処理や通知票の記載などを急がなきゃな〟と思いながら就寝。いつもと同じ土曜の朝を迎えるはずだった。

……言いようのない衝撃で目覚めた。

「いきなりグヮーンとなって。とてつもなく大きな力に下から突き上げられるようで、『な

にコレ?!』って感じでした。怖くなって、思わず隣の夫に抱きつきました。時計を見たら四時前です。地震だからとにかく逃げようと。すぐに部屋から出たんですが、全然進めない。廊下にあった本棚が倒れて本が散乱して前を塞いでいました。一瞬のうちに家中の物が倒れたり散らばったりして、足の踏み場もない状態になってしまっていたんです」

（南雲充子談）

午前三時五十九分。まだ夜のとばりが下りたままの栄村を大地震が襲った。

被災した南雲家の一室

「地震の起こった直後は、家の中でさえ満足に移動できない状態でした。揺れも続いていました。当時、同居していた長男の部屋は、戸も開かなかったです。家には私の母がいたので、まずそちらを連れ出そうと思っても、入口の戸が開かない。それでも何とか部屋から引っ張り出して、車に乗せました。そうこうしている中で、また揺れが来ました。長男は自力で部屋から脱出していましたが、気がつくと姿が見えないんです。あとでわかったのですが、すぐ近所に住むおばあさんたちの様子を見に向かっていたんですね。案の定、傾いた家の中で柱にしがみついて『怖いよ～、おっかないよ～』とパニック状態に陥っているおばあさんがいて、すぐにおぶって助け出したんだそうです」
（南雲充子談）

パジャマの上にジャンパーを羽織っただけの、まさに着の身着のままの姿で、暗い寒空の下に出た。車で向かった先は、近所の「重機車庫」と呼んでいる場所。これまでの村の防災訓練で、いざという場合には地区ごとに住民が集まりやすいところに避難場所が定められており、南雲の住む月岡地区は「重機車庫」があてられていた。近所の衆もすぐに集まってきて「〇〇のじいちゃんはいるか」「××のばあちゃんは無事か」などと、消

長野県北部地震　震災の概要

発生日時：平成23年（2011）3月12日土曜日　午前3時59分頃
震源：長野県・新潟県県境付近　深さ8㎞
最大震度：6強（マグニチュード6.7）
地震回数：348回（～4月12日）
法適用等：災害救助法（3月12日）
激甚災害指定（3月13日）
被災者生活再建支援法（3月16日）

『栄村震災記録集「絆」』（平成25年2月　栄村役場発行）より

防団員による確認作業が始まっていた。

「ほとんどの地区住民の無事は確認できたんですが、近所でお一人、どうしても避難しないと言っている方がいました。消防団の人が来て『俺がいくら言ってもダメだから、みっこ頼む』って言われて、長男とその家へ迎えに行ったんですが『私はこの家を守るの！』って動かなかったんですね。こちらが折れるくらいに。上流の砂防ダムがダメになったら近くの川が氾濫してなお危なくなるから避難するようにって言うんですが、頑として聞き入れなくていっしょに避難できませんでした。実は、避難場所で私が、携帯電話（当時はスライド式で、その半分）を家に置き忘れてきたことに気づきまして、家へ取りに戻ろうとしたんですね。そうしたら長男に『命と携帯とどっちが大事なんだ』と強く諌められまして。でも、結局は大きな揺れの中、取りに戻って、ついでに母の入れ歯もいっしょに見つけてきました。私も、言うことを聞かない者だったんですよ（微笑）」（南雲亮子談）

危険を冒して携帯電話を手に入れたものの、かけてみれば最初のうちはどこにもつながらない。ようやく小学校の校長や教頭と通話が可能になると、村中にいる教え子たちの安否を確認するよう指示を聞いた。このとき、携帯電話の時刻は「5時40分」を示していた。

ほどなく三度目の大きな揺れが襲ってきた。

言われるまでもなく、充子も子どもたちの安否は気に懸かっていた。通話が可能な限り、自分のクラスの児童（保護者）と連絡をとって安全の確認をした。むしろ子どもたちは元気で「先生もがんばって」と、逆に励まされもしたが、教え子の声を聞くほどに、とにかく小学校へ行こうという、次の行動を決めた。北信小学校は、緊急時の避難所でもある。

再びハンドルを握って、慣れた通勤路を進みだした途端、車に地震とは違う衝撃を感じた。車が止まった。一体、何が起こった？


「いつものつもりで車を走らせたんですが、地震のせいで道路に段差ができていたんですね。信じられない出来事の連続で気持ちが焦っていたこともあったのでしょう、消防団の人がそこにいてくれたにもかかわらず、わからなかったんですね。バンパーの下のほうがめり込んでしまい、引き上げていただきました。橋を越えれば、すぐに小学校に着くというのに、本当にもどかしかったですね。それから学校へ向かう途中といえば、空の向こうから轟音を上げてヘリコプターが飛んでくるのが見えました。自衛隊のヘリコプターでした。東北の被災地へ向かう途中、心配して栄村に立ち寄ってくれたんです」（南雲充子談）

同じ頃、村内の道路の多くに亀裂が走り、段差が生じ、通行を妨げていた。橋の損壊も認められた。村内を通るＪＲ東日本の飯山線は、戸狩野沢温泉駅と森宮野原駅の間で道床が崩落。二本の線路は宙吊りになり、まるで平たいゴム紐のようになって垂れ下がっていた。栄村のあちらこちらで未曾有の被災状況が確認されつつあった。

ようやくの思いで充子がたどり着いた北信小学校でも、目を疑うような光景が待っていた。

つい前日までは、児童たちの元気な声が響いていたごく普通の学び舎が、荒れ果てた修羅場と化していた。「天地がひっくり返るような」という驚いたときの常套句があるが、まさにそれが現実の場面として目の前にあった。

路盤が崩れ、路線が宙吊りとなったＪＲ飯山線

校舎の壁には、まるで傷口のように無数のひび割れが走っていた。

昇降口では、縦に四段、横に八列ある大型のげた箱が将棋倒しになり、靴が散乱していた。

パソコンルームは、すべての機器がひっくり返って床を埋め尽くした。

図書室では、書架の書籍のほとんどが床に散乱、まさに本の海たる様相だった。

体育館は、天井に張られた板が落下し、卒業式に向けて準備が進んでいたフロアを覆った。

そして職員室は、書棚や書類が散乱、足の踏み場もなかった。

のちにこの地震の衝撃の印象は「揺れ」ではなく、「撹拌」と言われるようになるが、まさに学校全体がひっくり返ってしまったのである。

さらに驚くべきは、県の教育委員会から学校に、被害状況をメールで、写真を添えて伝えるよう指示があったという。電話回線は不通で、連絡などできるわけがない。

3時59分のまま止まった学校の時計

倒壊したげた箱

私にもできること

天気こそよかったが、日中でも三月の栄村の戸外は寒い。午前十一時を過ぎた頃、地震発生直後から第一次避難所に身を寄せていた村民に、第二次避難所に移動するよう避難指示が出された。秋山地区を除く、本来の第二次避難の指定場所は三か所。村役場、北信小学校、東部小学校である。しかし、小学校の校舎で最も避難の拠点となり得る体育館は天井や照明機器が落下するなどの状況があり、充分に機能できなかった。

被災した三か所では村全域の避難者を収容しきれない見通しが明らかになり、急きょ避難所として使えそうな場所が検討された。その結果、特別養護老人ホームの「フランセーズ悠さかえ」、箕作集落センター、北野天満温泉、栄中学校が追加指定され、七つの避難所での避難生活が始まることになった。

とはいえ、七つの避難所の下調査が行われると、一か所を除いて上下水道の設備が被災し、トイレの確保が急務になった。あるレンタル会社の申し出により、早急にレンタルトイレの確保はできたものの、すべてが和式のため高齢者や足腰の不自由な人は難儀した。設置後もトイレのタンクが満杯になるのが予想以上に早かったり、寒冷地のため水が凍って使えなくなったりの不都合は尽きなかった。

相当なダメージを受けていた北信小学校も、臨時の避難場所になった。体育館こそ使えなかったが、居住している地区ごとに、教室が割り当てられた。二百五十人以上の村民が身を寄せた。

「急な避難生活が始まったわけですが、普段からよく知っている同士なので、大きく混乱することもなくお互いに肩を寄せての生活に入りました。あとで、前日に起こった東日本大震災での東北地方の避難生活の様子を見聞きしましたが、あちらで起こったようなトラブルはなかったです。複数の家族が入った教室でも、衝立や仕切りを使う必要もなく、隣で寝ていても気にせず、とかね」

（南雲充子談）

突然の大揺れには全村民が動揺し、避難を余儀なくされたが、そこは栄村の人々だった。何かと不便でも、いざ避難生活が始まれば不自由が多かった仮設トイレも、使っているうちに清掃や水の補給などの仕事を当番制にして当たり前のように自主管理できる様子が、どの避難所にもあった。

「秋山地区を除いて、村は電気もガスも止まって人っ子一人いない状態でした。電気は、その日の夕方には復旧したかな。給水車もすぐ来ました。（避難所では）最初は毛布一枚とビスケット二枚と……そんな配給がありましたか。でも、食べ物は絶対的に足りませんでした。夜になると非常に寒くなってくるんですが、北信小学校では灯油のパイプ設備も地震で壊れてしまっていてストーブもすぐには使えませんでした。私自身は（北信小学校の）学校職員であり避難住民だったわけで、二十四時間避難所生活でした。周囲のいろいろなことは村のほうで対応をやってくれていたので、私は、避難しているおじいちゃん・おばあちゃんに『トイレはこっちですよ』とか『寒くありませんか』とか声がけする一方で、学校や教室の片付けとかでした。でも、何て言うですかね……。当時のことを思い出してみると、避難している住民みんなが運命共同体というのか、『これからどうなっちゃうんだろう』という思いは共通していましたね。だから会う人ごとに『どうしてこんなんなっちゃったんだろね。でも、がんばろうね』と励まし合ったりしたけれど、泣けちゃって、泣けちゃって……」

（南雲充子談）

避難所生活といえば支援物資の配布が欠かせない。しかし「物」だけでなく、時には思いがけず「心」をもらうこともある。極限の状態の中、心身ともに疲弊してくると、普段とは違った感性も働いてくる。三月の中旬といっても栄村の夜は寒さが厳しい。そんなとき、「どうぞ」と、一人の保護者からもらった一足の靴下。早速履いたこの靴下が、充子の足だけでなく心を温めた。嬉しかった。人から受ける心遣いの有り難さを改めて感じた。そして、この一足の靴下をきっかけに、涙を流すよりも人のために汗を流す方向へと充子の行動は変わっていく。今はみんなが苦しい。「私にもできる何かをしよう」「どうせなら、みんなのために役立つことをしよう」という気概が湧いた。

不自由な環境で、先行きの見えない状況の中、大層な仕事などできるわけがない。しかし、あきらめたら何もできない。月並みだが、〝できることから始めよう〟と思った。

まず心がけたことは、積極的にあいさつや声がけをすること。これならば元手がなくてもできる。人への声がけは、高齢者の世話へとつながった。仮設トイレは戸外に設けられたが、特に寒くなる夜のトイレの往復では、廊下は滑りやすく、外は凍った積雪がある。高齢者の歩行に思わぬ危険が伴う。充子は、高齢者のトイレへの付き添いを始めた。

次に見つけた仕事は、電話をつなぐこと。臨時の避難所となった小学校には多くの電話がかかってくる。基本的に出るのは教頭だが、被災者あての電話も少なくない。そんなとき間をつなぐのは、学校職員であり村民である充子こそ適任だった。

「最初の三日間は、ほとんど寝ていられない状況でした。しばらくして帰宅できるようになってもお風呂は使えませんでした。我が家だけでなく、他の家もそうでした。隣の（新潟県）津南町の浴場のある施設、クアハウスとか、普段は有料なんですけれど、震災後は無料で使わせてくれました。で、そちらへ入浴しに行くのはいつも夜中ですが、行けば夜中も寝ないで警備の仕事にあたっている人にも出会うわけです。復旧の工事も始まったりしてましたね。そういう人を見ると、この人たちも地震からの復旧のために働いているんだから何かしたいと思うんです。何もできないんですが、少しでもあったまってもらえればと、自販機で缶コーヒー買って、差し上げたらとっても喜んでくれて……以来、お風呂の帰りには毎回缶コーヒー買っては差し入れすることが続きました。小さいことかもしれませんが、避難所での生活をきっかけにして『自分は人のために何かできるか』を、今まで以上に考えるようになりました」

（南雲充子談）

地震の翌日、学校職員で相談会がもたれた。一日三回（十時・正午・十五時）、職員室に集まって互いの無事を確認する、学校職員による避難所にいる児童への訪問をする等を決めた。安全が確認されるまでは当然ながら、学校は臨時休校である。

七つの避難所を二日に一度は訪ねることになった。子どもたちは元気だった。地震直後と同じように、充子のほうが励まされた。一方、親切な気持ちで避難所に持っていった、学校からの文書や通知類は「ありがたいけれど、着の身着のままで生活するここでは、整理したり保管したりしておく余裕もない」と言われ、与えることがすべてではない、相手の状況を推し量る必要性も学んだ。

不自由さや苦しいことの多い避難所生活だったが、うれしい報せや出来事もあった。地震の翌日、新しい命が誕生した。村民の一人の妊婦が産気づいた。救急車で、新潟県十日町市内の病院へ運ばれていた。一日経って無事に男児を出産、避難の人々を勇気づけた。日本各地から続々と寄せられた支援や応援の品物や声も、心の支えとなった。全国から届けられた絵手紙や激励メッセージは、避難所の壁に、その数を日ごとに増やした。

地震から三日が経った三月十五日に最初の一時帰宅が許可されたが、二十一日には一部の地域を除いて避難指示が解除された。この日を境に、千五百人以上いた避難者は、八百五十人にまで減った（さらに三月末までに二百人ほどになり、最終六月中旬で避難者はゼロとなる）。

三月二十四日、北信小学校と東部小学校で、一週間遅れの卒業式、併せて閉校式が行われた。学校に避難している住民も、卒業生の門出を祝った。また、三月下旬までには多くの道路で通行止めが解除され、補修が進んだ。地震で線路が大きなダメージを受け、一時は復旧不能かと思われた飯山線も、ＪＲ東日本の懸命の作業が功を奏し、予想よりかなり早く四月二十九日には運転が再開されている。

そして、ようやく村の雪が消えた四月十二日。やはり予定より一週間ほどの遅れを伴って、新生「栄村立栄小学校」の開校式と、初年度の入学式が行われた。北信小学校と東部小学校が統合して誕生した栄小学校は、新入児童十二人を迎え、全校児童八十六人で発足した。この四月、充子も栄小学校の四年生の担任として、東部小学校からやってきた五人を加え、新たなスタートを切った。「みんなで一つになって……」との、開校式での学校長の励ましを込めた式辞は、両小学校の統合にとどまらず、地震の災害を今こそ村民みんなで一つになって乗り切ろうというメッセージでもあった。

こうして突然の悪夢から始まり、悲喜こもごもが連続した日々、まるで夢のように過ぎていった一か月がひとまず終わった。

「かどやのみっこ」

南雲充子は、昭和三十二年（一九五七）一月、栄村の月岡地区に生まれた。生家の屋号は「かどや」。上には八歳年上の姉がいた。

「当時は産婆さんが家に来てくれてね。かどやで生まれたようです。その後、保育園も私設保育園というか、その産婆さんが先生みたいになってやっていたんですね。家にも近かったし、昼間も保育園でいっしょだったし、お世話になった人でした。でも私は、よく言えば活発な子なんでしょうが、すごくヤンチャでした。保育園でもじっとしているお昼寝の時間が嫌いで、いっしょに通っていたいとこの子といっしょに、ほかの子たちがお昼寝をしていても、産婆さんがいなくなると毛布をけっとばして外へ遊びに行ってました。そして、産婆さんに見つかって、ものすごい勢いで怒鳴られた。それでまた逃げて泥だらけになった……そんなことを覚えています。男の子も泣かしましたし。今思うと、ADHD（＝注意欠陥・多動性障害。落ち着きがなく衝動的な行動をしやすいなどの特性があり、発達障害の一つとされる）の子だったんだな、って（笑）」

（南雲充子談）

栄村立堺小学校に入学したのは、昭和三十八年四月。通学路は低いところにあって、雨で千曲川の水があふれて堤防を越えると通行できなくなることもある道だった。

いつしか周囲からは「みっこ」と呼ばれた。小学生の充子は、足の速いのを買われて小学校一年でリレーの選手に選ばれたり、高学年では何か催し物があると、担任から「充子いけ」と指名されたりすることが多く、就学前の落ち着きのなさが、本当の意味での活発さへと徐々に変わりつつあった。

また、感性豊かな一面があり、二・三年生の二年間、担任だった、栄村出身の女の先生が読み聞かせてくれる『フランダースの犬』に感動した。悲しいストーリーが心に染みて、みんなの前で泣くのが嫌で体育館の裏で一人涙した。しかし充子には、物語の内容もさることながら、それを読み聞かせてくれる先生そのものに心が動いた。休日には漬物をいっしょに作ったり、教室の日当たりのよいところで耳の掃除をしてもらったり……。まるで母親のような存在……どころか、間違って「かあちゃん！」と呼んでしまったこともあった。読み聞かせが上手で、面倒見がよく、働き者だったその先生に憧れを抱き、私も将来はそんな小学校の先生になりたいと思うようになった。

昭和四十四年四月からは栄村立北信中学校の生徒になる。当時の北信中学校は一クラスに二十五人、充子の学年は二クラスあり、全校で百五十人ほどの生徒が在籍する学校だった。張り切って入学した充子は、身体が小さく、初めて着る制服には逆に着られて「制服のお化け」といわれた。

「中学時代の忘れられない思い出は、生徒総会の一幕です。全校生徒が集《つど》った場で、生徒会の役員に意見や質問をする機会があったのです。私は事前に担任の先生から発言するよう背中を押されていたこともあって、学校のトイレの紙について要望を出そうとしたんですね。当時のトイレはもちろん水洗ではなかったですが、何より「紙」が置いてなかったんです。だから保健委員会の委員長に、紙を備えてもらうよう要望してもいいかと思っていたんですが、総会が始まってみると誰も手を挙げようとしない。そこで一念発起して百五十人近くいる全校生徒の前で発言したんです。ところが、その中でトイレットペーパーとかトイレで使う紙とか言えばよかったのでしょうが、『便所の紙』って言っちゃんですね（笑）。いい提案のはずだったんですけど、そっちの言い方がみんなの印象に残ってしまって。それからというもの、私は全校のみんなから〝便所の紙、便所の紙〟って呼ばれるようになりまして……（苦笑）。でも、担任の先生からは褒められましたし、何よりそれから少し経ってトイレには『白チリ』（笑）が、置かれるようになりました。だから、全校の前で恥もかいたけれど、私の発言がみんなのためにはなったのかなって……」

（南雲充子談）

昭和四十七年四月、充子は飯山南高等学校に進学する。飯山市への通学で活動範囲が広がった半面、これまでの中学校生活では、春は陸上競技、夏はバレーボール、冬はスキーと、年中スポーツ三昧だった反動からか、膝を痛めてしまい治療に手間取った。そのため高校生活の一年間は体育禁止となり、活動的だったそれまでの学校生活とは一味違った三年間を過ごした。

高校生活の三年目を迎え、次の進路を考える時期となる。中学生の頃には、テレビドラマの『サインはV』や『アテンションプリーズ』に影響を受けて、バレーボールの選手やスチュワーデス（今で言う「キャビンアテンダント（CA）」）にも憧れたが、やはり現実を考えると、当初の希望に立ち戻って小学校の教師を目指すべきというのが順当だった。

千葉県にある私立の短期大学への推薦合格が決まり、初めて故郷を離れた生活を経験しながら教員免許を取得。卒業の年に長野県、新潟県、東京都、千葉県の教員採用試験を受ける。結果、千葉県のみ不合格だったものの、あとはすべて合格、三つの方向に人生の選択肢を得る。最終的に長野県に戻ることを決め、飯山市立常盤小学校の照里分校から教員人生のスタートを切る。

夫となる齋藤文成との出会いは、村の成人式がきっかけだった。

「昭和五十二年に、二十歳で教員になりました。栄村の成人式がありまして、そこで会ったのが最初でした。彼は村の教育委員会に勤めていて、式の段取りの仕事をしていたようでした。飯山北高を出て、十八歳で村役場に入って教育委員会が最初の部署だったのかな。私より一歳年下で、親友が彼のいとこだったんです。別に紹介してもらったわけでもないけど、そのときに同じテーブルにいたらしいんです。でも私は覚えていない。しばらくして夏休みに私、近くに住んでいた当時の村の教育長さんに言ったんです。栄村で生まれたんだけど、栄村の人をよく知らなくて……、『ふるさと』（という喫茶店）で、お金は要らないので、栄村にどんな若者がいるのか（知る意味も兼ねて）、店のお手伝いをしてもいいですか、って。その頃に彼が客として来ていまして『あのときいたよね』って言われて、少しは話をするようになりました。で、そのうちに、村の青年団でバレーボールやっているから来ないかって誘われ、私もバレーは好きでしたから（昔の）栄中の体育館での練習に参加し始めました。話をしているうちに、中島みゆきが私は好きで『じゃあ、中島みゆきを聴きに行こうか』って、私の友達の女の子と三人で、上田市で開かれたコンサートを聴きに行きました。当時は勤めて二校目になる長野市内の小学校に勤めていたので、帰りは、栄村まで帰らず、私の下宿で、三人で雑魚寝。そのあたりから、県庁に出張があるとついでに顔出したりして、付き合うようになりました（笑）」

（南雲充子談）

その後、二十四歳で結婚、二人の男児に恵まれた。教員としての仕事も、途中で養護学校の勤務をはさみながら飯山・下水内郡を中心としたエリアの小学校で教師として経験を積んだ。

　飯山市立戸狩小学校から、北信小学校に赴任したのは平成二十年（二〇〇八）四月、栄村の学校で教壇に立つのは初めてだった。一年生の担任になった。それが栄村に大地震の起こる三年前だった。

　平成二十三年四月。前月の地震で受けたダメージを乗り越え、何とか被害を克服し、栄小学校で四年生の担任となり、新たなスタートを切った充子に楽しみが増えた。学校で飼っていたヤギのマリーの出産が近づいていた。四月十九日、産気づいたマリーは、子どもたちに見守られながら出産を果たした。失う物や事の多かった「三月十二日」以降だったが、新たに得たものもあった。復興とともに新しい命が育つのを見届けていこう……毎月増えていく子ヤギの体重測定は、目に見えてわかる進歩と成長だった。

学校でヤギの世話

　この年、充子は五十五歳。小学校の教師として三十五年間勤め上げてきたが、定年までの教員生活の時間は残り少なくなっていた。

第二の人生への道標

平成二十四年（二〇一二）四月、充子は教頭に昇任、栄村立秋山小学校に赴任した。

「前年の秋、北信小学校の校長から言われたんですね。『充子さん一生懸命やっているし、女性にもがんばってもらわなくちゃ。歳も歳だし、そろそろ……』って。でも私は、もうずっと担任のままでいいですって言ったんですけど……」

（南雲充子談）

長野県の公立学校の教員には、採用試験のように公に示されている教頭や校長への昇任試験の機会はない。所属校の校長から、秋頃に「推薦しよう」と声のかかるところから始まる。校長に声をかけられ

“充子先生”だった頃

たということは、教頭試験の受験資格が与えられたことと同じだ。

秋山小学校は栄村の南東、山間部に位置する。教頭になったとはいえ、秋山小学校は全校児童が七人の超小規模学校だ。充子はその後、教頭職と兼務で低学年の児童の学級担任もこなした。

平成二十八年四月からは、児童減により秋山小学校は栄小学校の「秋山分校」となった。同じ年、充子にとっては定年退職の年だった。校長からは再任用制度を利用して、教職をこの先も続けてみる方向を勧められた。しかし、充子は今まで歩んできた道を延長しようとはしなかった。

数年前より充子の中では、退職後にしたいこと、実現したい願いが徐々に膨らみ、形を成していった。やはり地震が大きなきっかけだった。あの災害と避難所生活を通してたくさんの経験をした。多くの人にお世話になった。人の心のあたたかさにふれた。そうした経験から思うようになったのは「お世話になった村のため、人のために、何か恩返しができないか」だった。

では、栄村で何ができるか。若い頃から飲むこと、食べることは好きだった。教員仲間でも、酒量は人後に落ちない自信があった。そこで思いついたのは、大胆にも「村内で居酒屋を開こう」だった。一般的に、教職を辞めた後、第二の人生を歩み出す者はいる。しかし充子のように、経験も費用もまったく白紙の状態から飲食店を立ち上げるというのは特異だ。まして人口減で、もとより飲食店のごく少ない村内で開店するなど、あまりにリスクが大きくメリットは小さい。

それでも新たな道に踏み出た。自宅の、道をはさんだ隣の土地に二階建ての店舗を建てた。一階は居酒屋として、二階には泊まれるスペースを設けた。店の名は、今でも使われている屋号の「かどや」を掲げた。退職金は、ほぼ全額を投入した。

「やることなすことすべてが初めての経験でした。五歳年上の親戚の女性（いとこの妻）が、いろいろと教えてくれたり面倒を見てくれたりしました。で、やり始めてつくづく思うのは『教員って、一般社会とかけ離れた狭い世界で生きているんだなぁ、自分は視野が狭かったなぁ』ということですね。『転職』して、最初の四月、五月くらいは、見るもの、ふれることが新鮮でした。村の選挙でウグイス嬢の役をやったり、道の駅で調理のお手伝いをしたり……まるで小学校一年生が、周囲に初め

新たな職場で奮闘

てのことだらけで毎日、目を輝かせているようにね。親戚の彼女からは、何かにつけて手ほどきを受けます。たとえば、ラーメンに使うチャーシュー作りにも、野菜はもちろん、オイスターや料理酒や、マーマレードのジャムを隠し味に使うなんてことも全部教わる。でも、お金を稼ぐのは本当に大変、現実は甘くなくて。彼女からは言われるんです。今のうちは、最初だから『みっこの店』っていう理由でお客は来てくれるのかもしれない。だけど（肝心の料理が）おいしくなかったら、続けては来てくれないよ、って。その通りですけどね」

（南雲亮子談）

平成二十九年八月、「かどや」開店。入れば右手にカウンター席、左手に二つのテーブル席と畳敷きの小上がりを設け、一揃いの場は調った。

「かどや」の看板メニューは「みっこラーメン」だ。おじの一声で、あえて「みっこ」を名乗った。開店前には、かつての秋山分校の教え子たちも〝味見〟に協力した。当時は、盛りだくさんの具を揃えたが、だんだんと精選してねぎ・海苔・メンマ・なると・チャーシュー・ゆで卵というオーソドックスなところに落ち着いた。それでもチャーシューはぶっとい（肉厚の）ものにする。巷のラーメン店なら「チャーシューメン」という名で別料金にするところをベーシックな価格で提供する「みっこ流」を貫く。調理場に、ラーメン用の振りザルは三つ。「それ以上あっても、そんなにお客さんは入らないから」と充子。

開店後は、地元のテレビニュースでも何度か取り上げられる話題性もあったが、「ここはまるで学校の教室みたいですね」と店の取材に訪れたマスコミ関係者が周囲を見回しながら言った。ところ狭しと壁面を飾る掲示物や作品に、児童の図画作品よろしく作者の氏名札が付けられている。いただいた「物」だけでなく、「人」を大事にしたいという充子の気持ちの表れだ。そして、それも「かどや」らしさだ。

夜は村の大人たちの語らいの場だが、夕方は学校帰りの子どもたちが宿題をしたり、カラオケを楽しんだりする。充子の人柄そのままに、だれもが気軽に立ち寄れる、だれもが受け容れられる独特の店になった。存在が知られるにつれ、村民だけではなく多くの人が訪れるようになった。不思議な芸を見せるパフォーマーも、ボランティアで時々姿を見せる。だが、退職後の充子には別のオファーもあった。それは、「震災経験の語り部」になることだった。

すでに現職の頃から、秋山分校の職員研修で語った地震体験をより多くの教師たちに語ってほしいとの飯水教育会からの依頼で講演する機会があった。得意のパワーポイントを駆使したプレゼンはわかりやすく、説得力があり好評を博した。小学校の児童たちに地震の経験を話す。震災のときには生まれていなかった子が今では小学生になっているからだ。こうした実績をきっかけに、県内の市町村から防災に関わって講演の依頼が続けて来るようになり、着実に回数を増やしている。

栄村に生まれ、大地震の経験を通して「人のためになれる自分」に一層目覚めた充子は、今も居酒屋の経営に忙しい。併せて、地震の体験や記憶を風化させないため、震災の語り部としての活動も軌道に乗ってきた。

これからの目標を充子は語る。

「『かどや』を黒字経営にすること（笑）！ ……ではなくて、せっかく開いた店なので、ただの居酒屋だけでなく、地域の料理や郷土食を発信できる、栄村の『食の拠点』にしたいんです。それから、この店は、今までお世話になった人々への恩返しのつもりで作ったんですけれど、やっぱり生きている限りは、村民として忘れてはいけない栄村の地震のことを伝えていきたいですね。だれかがやらなければ、いずれ忘れ去られてしまいます。私が伝えたいのは、被害の大きさだけではなく、自分が身に染みて感じた『当たり前の生活ができる、それはとてもすばらしいこと』や『困っている時こそ、人の親切が身に染みる』という実感、そして『地震の体験も、いずれは自信になる』ってことです（微笑）。それと、ここ（『かどや』の隣）に、ミニ動物園っていうか、動物たちと直にふれ合える場所を作りたいんです。私は生きものが大好きで、我が家にはネコ三匹、ウサギ二羽、それから烏骨鶏がいます。あの地震のときにも、大切な家族ですから、軽トラに載せていっしょに避難しました。動物というと、北信小のときのマリーじゃないですが、子ヤギを飼いたいんですね。保育園の子たちもよく我が家にニワトリやウサギを見に来るんですよ。子どもたちの喜んでいる姿を見ると、ぜひやってみたくなりますよね！　でも、居酒屋（飲食店）のすぐ隣に動物園っていうのも衛生上いいのかなぁ……（笑）」（南雲充子談）

第二の人生は始まったばかりだ。自称「居酒屋ババ」は、今や震災伝道師の顔も持つ。そればかりではない。村の「さかえ田植え歌愛好会」にも所属し、集会や敬老会で踊ったり、小学校に民謡指導に赴いたりする。「栄村のために、お世話になった人たちのために」という道標の先、充子の進もうとしている道は広く、長く、何より、常にワクワクする高揚感にあふれている。

第２の人生を歩み出して

南雲充子の店　居酒屋「かどや」

震災の避難を通して感じた人々の心のあたたかさに報いたいと第二の人生をかけて一念発起。店主の人柄そのままのアットホームな雰囲気にあふれた店。自慢は特製チャーシューを使った「みっこラーメン」。夜は近所の人々が憩う宴会場に……。

みっこラーメン

かどや外観

長野県下水内郡栄村堺2848-1　Tel・Fax 0269-87-3051
月曜定休

戸田山アナ

令和２年（2020）２月、NBS（長野放送）の『NBSフォーカス∞信州』は同局の新人・戸田山貴美《たかみ》アナウンサーが「かどや」の２階に宿泊しながら、３日をかけて栄村の各地を探訪した様子を放映。写真は、南雲一家が戸田山アナを囲んで。後列は次男と夫。

2

村の消防団長、未曾有の大震災に挑む！

保坂良徳の章

平成二十三年（二〇一一）三年三月十一日の午前。栄村の野田沢地区で、百頭以上の牛を擁し、肥育を生業とする保坂良徳は出荷作業を行っていた。

肉牛は、生まれてから三十二か月を目途に出荷する。この日は五頭の牛を出荷する予定だった。出荷前の検査で一頭の牛に体調不良が発覚、実際には四頭の出荷となった。三十年以上この仕事に従事してきた保坂は、不思議な場面を目にする。

いつもなら連れて行かれる牛が悲しげに鳴くのだが、この日に限っては残された一頭が鳴いた。それも今までに聞いたことのないような声で。すると、それに合わせるかのように他の数十頭の牛たちも声を上げ出した。一方、遠くへ出荷されていく四頭の牛たちはケロッとしている……。いつもと違う牛たちの行動が何だったのか。村長直属の組織・栄村の消防団の団長も務める保坂良徳。今夜行われる予定の消防団の幹部会議のことは意識していても、村を襲う大地震の発生が二十四時間以内に迫っているなど予想だにしなかった。

牛を飼う消防団長

保坂良徳は、昭和三十一年（一九五六）一月、栄村の月岡地区に生まれた。体は小さかったが、近所の仲間と一緒になって活発に動き回る子どもだった。周囲からは、どういうわけか体つきとは逆に「大ちゃん」と呼ばれていた。

祖父も父も、村の議員や消防団長を務める家だった。しかし、良徳の受け止め方は独特だった。学校の行事があると来賓として招かれ、児童や生徒たちの前で滔々と祝辞を述べる祖父や父の姿は立派であっても、子ども心に恥ずかしく、自分は大人になっても消防団には入りたくないという思いが強かった。良徳が小学校に入った年、それまでは米作りを営んでいた家業だったが、父が新たに牛飼いを始めた。地元の栄村立堺小学校、北信中学校を卒業した良徳は、家業を継ごうと長野県立下高井農林高校の畜産科に進学、その後は北海道の短期大学で農業を専門に学び、二十歳で村に帰ってきた。二十五歳で結婚、二男一女に恵まれた。

生まれ育った豪雪の村で、父とともに牛飼いの仕事に励んだ。

「牛は、とても臆病で敏感です。飼い主の心がそのまま伝わってしまいます。こちらが穏やかな気持ちで接すれば、穏やかに応えてくれます。逆にこちらがカリカリしていたら、その嫌な気持ちは牛に伝わってしまうんです。それが重なれば、やがて肉質にも悪い影響が出てしまう。触れるときも、叩くように手を前後に動かすのではなく、撫でるように左右に動かします。これだけでも違うんです。私は、人が牛舎に入ってきたときの牛の反応で状態がわかると思っています。少しでも警戒するような動きを見せれば、それは牛がストレスを感じているんです。最もいいのは、人が牛舎に入っていっても気にせず寝ている状態ですね」

（保坂良徳談）

北海道での学生生活を終えて久しぶりに自宅に一歩足を踏み入れた瞬間、良徳は祖父、父の思いにふれる。帰宅を待っていたかのように、玄関には消防団の法被《はっぴ》が畳まれて置かれてあった。牛飼いを始めるのと同時に村の消防団へ入団した。

団の仲間と仕事をともにするのは楽しかったが、子どもの頃からの抵抗感があって、仕事に従事しても「上」の立場になることは望んでいなかった。しかし、その誠実な人柄と実直な働きぶりは周囲からも厚く信頼され、団員から班長、部長、分団長と進み、本人の気持ちとは隔たりをもちながらも先輩らの推挙により副団長に昇格。そして平成二十年（二〇〇八）からは栄村消防団の団長を務めるようになった。「立場」が人をつくる。いよいよ祖父、父から継がれた血が目覚めた。

消防団でのリーダー的な立場に近づくにつれて、良徳が村の災害対策面で特に意識したのが新潟県中越地震のときの教訓を生かすことだった。

新潟県中越地震とは、良徳が副団長だった平成十六年十月二十三日の午後六時近くに発生した大地震である。新潟県中越地方を震源とし、マグニチュード6・8。直下型の地震で、最大震度7。この震度は、九年前に起こった阪神・淡路大震災以来、観測史上二度目だった。新潟県小千谷市、十日町市、長岡市などを中心に強い揺れが襲い、地震による死者は六十八人に達した。電気・ガス・水道・電話などのライフラインが破壊され、道路や鉄道に与えた被害も甚大だった。栄村でも震度5強を記録していた。

「前の日（二十二日）の晩から、台風の影響で千曲川が増水していまして、村の消防団が二十四時間体制で排水作業を兼ねて監視していました。それでも翌日の朝方になるとだいぶ水位が下がってきたので、そこで撤収となりました。この日は土曜日で、午後には新築された栄村の役場庁舎のお披露目会があったんですね。そこで村の関係者や行政のトップらが集まっていました。無事に祝賀会が終わって、さてこれから二次会に……と言い出したらしいちょうどそのときに地震が起きました。震度5以上の地震のときには消防団も招集されることになっていたので、役場へ駆けつけてみたところ、みなさんへべレケになって酔っぱらっていまして（苦笑）。中心になって指揮を執る人がいなくて、そこそこ〝まとも〟だった人たちを中心にして対応にあたったんですけれど……。栄村もかなり揺れまして、住宅への被害はありませんでしたが、いろいろなところで土砂崩れなどの被害がありました。

それからですね。もしこの先、栄村に直下型の地震があった場合、今の避難の体制でいいのかという思いが強くなってきました。そこで、当時の消防団長とも具体的な話をしながら、消防団としての動きを考え直してみたり、役場へも提案をしたりしていました。でも、まだまだ行政の理解も得にくく、村民の災害訓練にも充分に生かされていかない感じがありました」（保坂良徳談）

新潟県中越地震の被害は決して他人事ではない。わが村＝栄村での防災のあり方を考えさせる大きな契機となった。そこで良徳がこだわったのは、行政からの視点ではない、あくまで「村の消防団」としてできることであり、住民に伝えるべきことの徹底だった。

たとえば、栄村に限らず地域の災害訓練の多くは行政主導で行われるが、予め二時間程度と「収まる」時間が設定されている。動きも前もって決められている。地震発生の五分後には対策本部が設立されている。「訓練だから」と言い切ってしまえばそれまでだが、実際に災害が起これば、そんな順序立てた展開などはあり得ない。実際の発災時には、すぐに対策を……とはならないのが普通だ。だからこそ、村民であれ、消防団員であれ、「個人」としてどう動くべきなのか、それを追究するところに訓練の意義を見出した。迅速な対応が求められる「発災後一時間」を特に重要な時間と考え、災害直後、住民はどうするのか、消防団はどういう活動に移るのか、それを具体化する実践に乗り出した。

「行政主導で行われる災害訓練というのは『(いざ災害が発生したときに)行政としてどう対応するか』という点をメインにして防災計画を立てます。だけど、村の消防団の仕事は『発災時に、村民をどう守るか』が第一目的なんです。確かに、行政も組織立って村民を守ろうとするんですが、発災時は、その組織立てすらすぐにはできないんです。そのできない状況下でどうするか。もしそうなったら『消防団が守りますよ』ではなく、(被災が甚大なほど)自分たちから無事をアピールしてもらわないと、数少ない消防団員では全村民にはとても対応できないということを知ってもらう。たとえば月岡地区なら、百五十人の村民に対して消防団員は十二人しかいないんですから……と。そんな考えから村民への理解と協力を求めたんですね。それから、村が決める避難場所は地域の公民館とか小学校とか、結構遠いところにあるんです。災害が起きたら、じいちゃん、ばあちゃんにそこまで避難して来いというのも無理があるんです。そこで、各地区の中に避難場所を決めて、極端に言えばじいちゃん、ばあちゃんが最悪の場合、這ってでも来られる場所を設定しま

した。その場所で安全確認ができれば、住民の安否は一目瞭然ですから」（保坂良徳談）

行政側には、防災訓練の改善も積極的に提案した。たとえば午前九時から訓練が始まるなら、その前の一時間を消防団の活動の時間とした。さらに、栄村を三つの区域に分け、避難の方法や災害時などの動きについて幾パターンも作って試行錯誤を繰り返した。そうした中から村の実情に適した最良の方法を決め出していった。

「村を三つの区域に分けて行っていったので、全部回り切るのに三年かかるわけです。平成二十二年度に三地区すべてがちょうど終わったんです」（保坂良徳談）

新潟県中越地震後、栄村の消防団は「災害直後に、個人としてどう動けるか」をポイントに、防災マニュアルの見直しや避難方法の検討を何度も行った。そして、図らずもその成果が試されることになる、招かれざる客は本当にやってきた。

報告「全村民の無事を確認！」

平成二十三年（二〇一一）三月十一日夜。村役場の一室を会場に十人が出席し、栄村消防団の幹部会議が開かれた。新年度を迎える四月からスムーズな活動ができるよう、毎年三月のこの時期に行われている会議だった。

席上「本日、避難所用の毛布四百枚、簡易トイレ三台、浄水器三台が納入された。近いうちに指定避難場所に配備する予定である」との報告があった。数時間前に東北で起きた大地震、それに伴う津波災害の模様を伝え続けている特別番組の映像は、ことのほか強烈な印象を与えた。さらに救急用具の充実が必要との考えから、チェーンソーやジャッキ等も配備したほうがいいとの提案もなされ、今後に向けて計画的にそろえていこうという方向も確認し合った。

そして翌日、三月十二日を迎える。

「冬場は除雪の仕事をやっておりますので、朝の三時には起きるんです。外を見て、雪が降っていないようだったので、再び床に就いたんですが、なかなか寝つけないでいて、そのうちウトウトしかけていた頃だったんです。ものすごい音の地鳴りを聞きました。それが終わった後、緩やかなカタ、カタッっていう振動から、いきなり縦揺れと横揺れの混ざった大きな地震が来ました。ゴーッていう地鳴りのときには、次に地震が来るというのがわかったんで、布団の中にいたし、それなりに身構えてはいたんですけど、地震の揺れの中では何もすることができなかったです。自分の寝ているところは家の二階で、部屋は周り中がタンスだらけだったんです。それがいきなり自分のほうに倒れてきて、嫁入りダンスの結構な大きさなので、寝ながらの姿勢でとっさにそれを受け止めました。隣で寝ていた嫁は、暗がりの中でそれを見てタンスに押し潰されたと思ったんでしょう『良《よし》が死んだーっ』って悲鳴を上げました。だから『死んでねーぞ！』と叫びながら、何とか持ち上げてそこから這い出ました。天井の蛍光灯の常夜灯が点いていたんですが、それが点滅していて一度は消えたんですね。そして（照明機自体が）バラバラになって落ちているのを見ました」

（保坂良徳談）

良徳の自宅は築百年以上になる。明治の時代から豪雪に耐えてきた堅牢な造りだ。ようやく揺れが収まってくると、階下で寝ている両親の様子を見ようとして階段のところまで行くと、階段の片側が跳ね上がり、踏面《ふみづら》が九十度近く曲がってしまっていて、階段の体を成していなかった。危険を冒して何とか降り切り、両親の部屋まで行くと声は聞こえるものの戸が開かない。半ば壊すようにして助け出すと、ケガのないことを確認して厚着をさせて外へ連れ出した。そして、良徳はすぐに戻ると、懐中電灯の明かりを頼りに消防団の服とヘルメットを探し出した。

近所の集落避難場所には、住民が集まってきており、安否確認は十分以内に終えた。月岡地区は三つの避難場所が設定されていたが、それぞれから消防団員が駆け付け、避難完了の報告を受けた。ここまでするると良徳は、今後の火災予防と「近くの大巻川が、上流で堰き止められれば水量が減ってくる。そうなったら、すぐに川から離れたところに避難するように」と言い残して、災害時には対策本部が置かれることになる村役場に向かった。

車で向かう途中、家の近くの百合居《ゆりい》橋が橋桁から五十センチほど浮き上がっている状況に出くわす。このままでは車での通行は無理だ。すると村長が自宅から農作業の金属板を持ってきて、橋のように渡してくれてかろうじて通った。周囲の状況把握をしながらも役場方面がむしろ被害が大きいかと予想しながら車を走らせたが、不安な思いは募った。

自分の地区こそ安否確認はできたが、栄村全体でどれだけの被災者がいるのか。まずはこの点が一番の心配だった。そして、最も大きな被害が出ることになる震源地はいったいどこなのか、という疑問が湧いた。さらに、村民は普段の訓練通りに避難行動ができているだろうか。地震はこれで収まりを見せるのか。この先、火災が起きたらどうするか……。

重い気持ちで、対策本部が置かれる役場に着いた。ここも足の踏み場もないほどに床には物が散乱していた。

「国道へ出てみると、橋の状況も揺れで隙間が開くなどして通行が危険だと感じました。道端には消防団員も出てきていたので『すぐに国道を封鎖しろ。道路がどんな状況になっているのかわからない以上、車は通行させるわけにはいかない』と言ったら、そこにいた団員が『国道なんか勝手に通行を止めていいんですか』って逆に言うわけです。それがいいか悪いか私には判断できないですが、一旦災害が起きて、法被を着た時点で消防団員には非常勤の国家公務員の資格が与えられるんです。我々に与えられた唯一の権力、警察と同じような公民権としてあるのは『被災地にだれも入れない』ということです。……いや、決してそんな大袈裟に考えていたわけじゃなくて、全体像もつかめない非常事態の発生下で、とにかくこれ以上の事故や被害を出さないように、という一心でしたね」

（保坂良徳談）

村の消防団は約二百三十人。普段、勤めをもっている者を除けば、常時活動できるのは半数ほどになる。団員は、速やかに自分の住んでいる集落ごとに住民の安否を確認し、連絡網を通して役場（この時点では対策本部はできていなかった）に結果を報告するのが仕事だ。これも、今までの防災訓練を通して良徳らが改良してきた点だった。従来は、各区長が中心となって安否確認をし、区長が村長に報告するというシステムを採っていた。しかし、実際には区長は八十歳以上の高齢者も少なくない上、任期一年で交代する。そこまでの危機管理は無理だろうという考えから、新潟県中越地震以降は災害時の安否確認だけは地域の消防団員が行うような方法にしていた。このやり方ならば、安否確認をしながら被災状況も把握し、より迅速な対応策もとりやすい。電話回線が不通になっても、消防無線が活用できる。

五時三十分。各分団長からの連絡が揃い、全村民の安否確認が完了した。二メートル近い残雪があっても晴天が続いていて、家の屋根に雪が載っていなかったことや、地震の発生が、多くの村民が就寝中で火を使っていない時刻だったことも不幸中の幸いだった。

全員無事。

良徳は胸をなでおろした。その報を聞くまで不安は尽きなかったが、これこそ村民が今まで積み重ねてきた訓練通りに行動できていたことの何よりの証明だ。

六時。栄村役場で村長招集の下、災害対策本部が立ち上がった。震災発生からすでに二

災害対策本部会議（後列右から４人目が良徳）

時間が経過していた。対策会議は、消防団長・保坂良徳の「全村民の無事を確認！」から始まった。経験したことのない大災害を前に、先行きの見えない状況下にあっても、死亡者や重傷者がゼロというのは何にも代えがたい明るい情報だった。

陽が昇っても、大きな余震が続いていた。本部の会議では、さまざまな報告や情報、討議が錯綜したが、良徳は避難した住民たちのその後が気がかりだった。

「村民の皆さんは、寒空の下で一時避難場所から動けないでいるんです。この先どこに誘導すればいいのか最終避難場所の決定をしてくれと頼みました。村が指定していた学校とかでは体育館の吊り天井が落下したりしていて、使える状態ではなかったんです。すると村長が『職員に命じて学校を点検する』と言うんです。でも、そんなことしないで、消防団員が各地区にいるんだから、団員に確認させるって言ったんです。でも行政には、行政のマニュアルがあるわけでね、使えたかどうかは別にして、それもわかります。結局それも一例で、消防団側と行政側との考えや行動が一つになっていかない。実際に災害が起きて初めてわかったり、訓練時にはどんなに知恵をしぼっても見えなかったりしたことがいっぱい出てくるわけで、時間だけが経っていくという事態でした。で、最終避難場所が決定したのが、十一時を過ぎていました。最後まで手間取ったのが、道路の損壊のひどかった小滝集落でした。正午過ぎにヘリコプターを要請して、午後四時前に完了しました」

（保坂良徳談）

地震発生から七時間経って、秋山地区を除く村の全域に出された最終（二次）避難場所への避難指示。あたりが暗く、寒さが増す頃までには住民の避難はひとまず終わった。だが、消防団にとっては、ここからがさらなる勝負である。避難生活を強いられた住民の命と、家に残してきた財産を守ること。余震からつながる危険性のある二次災害を最小限に食い止めること。村の要所に団員を配置し、警戒にあたることだ。

牛を失う

避難場所に何人かを配置すると、残りの団員は地区の警戒にあたらせた。国道117号線の村の出入り口付近集落の入り口が特に大事だった。地震のどさくさにまぎれて不審者や、いわゆる〝火事場泥棒〟を目的とした侵入者などが出入りしないか……新潟県中越地震でも実際に起きたと聞いていた事件だ。ボランティアの来村についても良徳には考えるところがあった。村民が自由の利かない状況に置かれているのに、ボランティアが来て活動するというのは、普通はあり得ない。村民が家に帰れるまではボランティアの来村は待ってもらうように要請した。中越地震では発生から三日間程度は余震が活発だったという情報は得ており、昼夜を問わず警戒は怠れなかった。

地震の二次災害で特に危険なのは火災の発生だ。家屋が損傷するので、電気の配線も壊される。これも中越地震の教訓を生かせば、通電火災の発生にも対処しなければならない。また、雪深い栄村はガスボンベや灯油タンクも屋内に置かれる家が多い。こうした火元となり得る危険個所の点検活動も必要だ。

良徳は団員に指示を出した。各家屋の電気のブレーカーを落とすこと。戸外にあるガスボンベは元栓を閉めること。屋内のガスボンベや灯油タンクは、必ず住民の許可をもらって中に入り、消防署員とともに処置をすること。そして最後に、とにかく自ら危険な行為は絶対にしないこと、と。

「自分が副団長から団長になったときに、かつて団長を務めていた親父に聞いたことがあるんですね。消防団長は何に一番気をつけるのかと。そうしたら『団長は、団員の命を守ること』って言われました。この一言が、ずっと自分の心に残っていました」(保坂良徳談)

避難生活の時間が長引けば、避難住民にも心身のストレスが生じるが、消防団員には数倍のそれがかかる。団員も被災している。交代制であっても、十分な休養が取れず疲労が蓄積した。その消防団の中心にいる良徳は、対策本部が置かれた村役場に寝泊まりしていた。家族は無事だったが、この状況下で百頭以上の牛はどうなったのか。ある程度の情報は伝え聞いていた。しかし、牛の状態が気にはなっても如何ともし難かった。

地震が発生してから、村民が安全に過ごせる場所を作るのに一日。村内の被害状況をすべて把握するのに二日かかった。余震が減るにつれ、住民たちがとりあえず一度は家に戻りたいという欲求も高まってくる。

「家に帰りたいという気持ちはよくわかります。でも、そうした欲求を抑えることがいいのか、抑えるのはよくないのかというのが難しい選択で……。村長が『一時帰宅させる判断をした』って言ったんです。『もし、そのときに大きな余震が来て家屋が倒壊したらどうしますか』って聞いたら『それはそれでしょうがないじゃないか』という答えだったんです。せっかく本災から逃れてここまできた村民をもう一度危険にさらすことはできないわけで『村長、どうしてもやるんだったら、時間を限定することと、万一のときにはすぐに助けに入れるよう、消防団員を随行させてほしい』と提案しました。でも、言ったものの村の消防団員では人数的にとても足りないんです。そこで、自分たちの上部組織に応援を依頼することになりまして、昼間の警戒にあたってもらいました」（保坂良徳談）

発生の四日目から四日間、三月十五日からは中野市や津南町など、近隣の市町村の消防団からの支援を受けた。またこの日、良徳はようやく副団長の妻を通して服の着替え（下着だけだったが）にありつくことができた。まだまだ本部を離れるわけにはいかなかった。

前日の午前、飼っていた牛こそ微妙な反応をしたものの、だれもが予想し得なかった大地震。

防災訓練は生きた。新潟県中越地震を教訓に、良徳らが村民の目線で災害時のマニュアルや避難方法を詳細に検討し、具体的な訓練を重ねてきたことが実を結んだ。しかし、自然災害は人知を越えている。良徳の指示の下、昼夜を問わず奮闘した消防団員だったが、想定外の出来事も多発した。

二次避難所への道路が、土砂崩落や雪崩によって寸断された。

一斉に二千人近い村民に避難指示が出たため、マニュアルで定めていた避難所には収容しきれなかった。結果、車の中での寝泊まりせざるを得ない村民もいた。

消防団が活動の拠点とするべき建物も地震によって壊れた。

前日に起きた東日本大震災の影響で、ガソリンの入手が困難になり、消防団の車さえ動くことが困難になる状況があった……。

二十四時間の警戒態勢が解かれ、消防団の任務がとりあえず終了したのは、震災から十一日後だった。良徳が

避難の様子（中学校）

土砂崩落により倒壊した清水河原スノーシェッド（県道箕作飯山線）

消防団長から牛飼いに戻れる日でもあったが、それは受け容れがたい現実と向き合う日でもあった。地震で、二棟あった牛舎が壊滅的な打撃を受け、一棟は倒壊、もう一棟も時間の問題で倒れそうだった。そして、飼っていた百頭以上の牛のうち、二十三頭が死んでいた。

牛のことも気になっていた。安否を確かめに牛舎まで行こうとすれば、できなくはなかった。しかし、自身の置かれた立場を考えれば、消防団長としての仕事は最優先、それも当分の間、任務の終わりは見えない状態だった。

「震災直後から家業の対応は、まったくできませんでした。死んだ牛の処分には一切立ち合っていないんです。全部息子たちが対応してくれました。倒れそうな牛舎は二台のバックホーで支えていました。地震から五日目に、生きている牛を救出して、JAや、獣医師や、村の内外で牛を飼っている他の方々にも協力いただきました。村には飼育できる適当な場所も施設もないので、生き残った牛たちは飯山市のほうにあった、使われていなかった牛舎へ一時避難することになりました」

（保坂良徳談）

村内で牛を失った牛飼いは良徳だけではない。同じ地区の男性が、のちに当時のこんな実話と当事者たちの葛藤を披瀝《ひれき》している。

「集落内に二戸の畜産農家がありますが、甚大な被害を受けて施設の全壊や、今にも倒れそうな施設。このような状況の中で経営者から、応急的な補修要請が大工の棟梁にあり、いろいろの話し合いの中から応援隊を作り、棟梁が現場を見て、〝何人くらいの応援がほしい〟と要請がくると、すぐに現場に出向き、補修作業の手助けをするなど、協働の力強さを見ることができた。そのような体制の中でも、どうすることもできない状況は、施設の柱の下敷きになり、目から涙を流しながら息も絶え絶えに〝モーモー〟と弱弱しく

被災した牛舎

牛舎の天井が崩落した

牛舎をバックホーが支える

鳴いている肉牛（の姿）が、今でも脳裏から離れない。何とか助けることができないか担当にお願いする中で、この状態では倒壊の危険性と肉牛の市場価格がないので、どうしようもないとのことだったので、獣医に人為的な死をさせてはどうか話もしたが、薬、注射器を忘れてきた前代未聞の方もおり、開いた口がふさがらなかった。その後は中継、中継で器具が届き、安楽死させてくれたものと思っている。隣集落の畜産施設にも応援隊が出向いているのも事実である」

〔『長野県北部地震震災体験記』（平成二十六年・栄村教育委員会発行）より〕

良徳にとって、生き残った牛たちをどう面倒見ていくかが喫緊の課題だ。牛の飼い方にもいろいろあるが、良徳はあまり拘束しない育て方をしてきた。放し飼いである。しかし、一時的に移した牛舎は固定して飼育する構造で、牛には環境の変化が与える影響が懸念された。また、従来空いていた施設だけに設備は整っておらず、水回りや建物の補修などに新たな経費を必要とした。

地震は村の諸施設だけではなく、良徳の仕事にも復興が危ぶまれるほどの大きな打撃を与えた。今まで三十五年間、一筋に営んできた牛飼いの仕事には誇りをもってきた。自分が納得できるだけの牛も作れてきた。一生やり抜くつもりでいた。ここであきらめる道は考えたくなかった。

再建に向けて、周囲からも勧誘の話があった。行政とも話し合いを続けた。まずは、牛舎の再建が何より必要だ。

「村の行政側も、初めてのことなので具体的な対応がわからないんですね。国も、東日本大震災の被害が大きいということで、それと同等の扱いをするという政府決定がなされました。そこで復興庁とも話をしたんですが、やっぱり向こう（東北）が優先でね……。最初はこっちの対応が遅れていたんですよ。でも一か月過ぎたら逆になったんです。向こうは地震のあと津波被害もありましたから、復旧に時間がかかっています。だから、こっちから要請を上げても、東北のほうがまだのために、結局復興庁も『わからない』と。そうやって時間が過ぎていく中で、環境の変わった牛たちの育ちも悪くなってくる。まともな値段で売れるかという心配も生まれます。仕事の立て直しについてはいろいろ考えました。牛舎のあったところに杭を打って、そこに放し飼いにしようかとか。そんなときに、春の風で一時避難した飯山の牛舎の屋根が飛んでしまったんです。家主も潰したいと言っていて、また移転を迫られたんです」

（保坂良徳談）

新しい牛舎は、中野市の豊田地区に見つかった。再び手続きや整備をして飼育の準備ができたのは、五月の連休明け。地震から二か月が過ぎていた。ただし、広さは従来の半分ほど。大きい牛や子牛は仲間内で買ってもらい、当面は「中間層」の牛にしぼった。

牛は非常にデリケートである。下痢などで一日体調を崩せば、復調させるのに一週間はかかる。満足な餌も与えられず二か月近く不自由な環境で生きてきた牛はどうなるのか。新潟県中越地震で被災した牛飼いは、山古志地区で生き残った牛を、ヘリコプターを使って長岡市内に空輸して飼育を続けたものの、急な環境の変化が響いて結局、肉牛として商品にはならなかったという話も聞いていた。

新たな挑戦

平成二十三年（二〇一一）八月二十七日。発生から五か月以上経って、今回の地震に関わる消防団の活動が完全に終了した。良徳もようやく法被を脱いで、本来の家業に専念できるようになった。

十月、震災後初めての出荷があった。しかし、出せたのは予定の三頭のうち二頭だった。

「予想外の結果でした。この現実を見て、あとに続く牛たちもこんな結果になるのかな、でも生き残った牛たちには天寿を全うさせてやりたいな、でも自分では（その一頭に）『おめえ、ここまでよく肉しょってくれたなぁ』って思ったり……いろいろな思いが巡りました。最終的には、やはり食用の肉牛です。人においしいと言われる牛にしなきゃっていうところに落ち着くんです」

（保坂良徳談）

良徳の思いが通じたのか、それ以降の出荷は順調に進み、震災前と同じような肥育の状態に戻りつつあった。しかし、牛飼いの仕事の完全な復興は前途多難だった。最大の障壁は資金面での問題だ。

地震での損害は、牛舎や牛を併せて数億円ほどに上っていた。再建に向けて復興庁からは、今の差し引きの借金を棚上げし、新たに資金を借りて当面の立て直しをし、それが軌道に乗った段階で残った借金を払うという方法を提示された。良徳は当時五十五歳。この先十五年となれば、自分は七十歳だ。後継者が必要である。頼りは息子たちだった。家業を継ぐつもりでいっしょに働いてきた上、これからもこの地で牛飼いを続けるという気持ちは聞けたが、最終的に良徳の出した答えは「否」だった。長期間の借金を背負わせての経営は、親としてどうしても認められなかった。結果的に息子たちも、新たな仕事を求めて村を出ていった。

翌平成二十四年八月。すべての牛を送り出した良徳は、やむなく休業を決めた。「廃業」とは言いたくなかった。少し前から知り合いを頼って、工事現場でのトラック運送の仕事を見つけていた。大型免許も取得し、五十五歳の新入社員となった。

「(新しい仕事に)体が慣れるまでは結構大変でした。今までは自分が経営者として仕事をしていましたが、それが急に会社員となったわけですから考えを巡らしました。経営した経験のある人間が会社員になると『自分だったらどうするか』という思いが常に出てくるんですよ。でもそれは、同じ仲間として働いている中ではプラスになったり、マイナスになったり、いろんな結果をもたらす……そういう呑み込みに時間がかかったかなぁ……」

(保坂良徳談)

第二の人生に踏み出して数年。忘れ得ぬ地震の体験と、そこから得た教訓は、やがて良徳に祖父や父と同じ道を進ませる選択を促した。

「三十数年間、専業で牛飼いをやってきて、地震によって思うようにいかなくなった。そのときの行政の対応を、村民の立場から見ていたんですが『何でこうなっちゃうんだろうなぁ』という思いが常にありました。ある程度時間が経っていくと、村の進んでいく方向が違うほうに向いちゃっているんじゃないかと思うことが多くなりました。ちょうど（平成二十八年の）村長選挙のときが転機でした。一つには、自分の経験として、消防団長の立場で村の行政と関わってきた中で感じてきた『隔たり』が大きかったこと。二つ目には、地震をきっかけに村民がよそへ転出していったり、自分の息子のように村で働こうとしながら出ていかざるを得なかったりしている。お年寄りも、元の生活のレベルに完全に戻り切れないままに亡くなっていく。村全体に「笑顔」が少なくなってしまったと感じられたんです。催し物をしても、何か震災前と違うんですね。そんな中で、自分に何ができるかと考えたときに、声を大きく訴えていくべきだ、という結論に達しました。それも人に向かって言う前に、自ら行動に移さないといけない。いろいろな人と話をするうちに村議会議員としての道に進むことを決心するようになりました。一度はよその土地へ出て行っても、再び戻ってきたい村にしなければいけないんじゃないか。その気持ちは強かったです。自分が思っていること、〝おかしいな〟と感じることは村長に伝えていかなければ始まりません。そのためには自ら議員となって、村議会の場で行政と話し合っていくのが一番だと考えました。今、議員になって、議会というのは、村民目線で見て考えていかなければと改めて痛感しています。この地で暮らす皆さんの立場で……という姿勢はこれからも大事にしたいですね」

（保坂良徳談）

心やさしい消防団長・保坂良徳。消防団の立場から、村の防災体制の改善に尽力してきた甲斐あって、栄村を襲った未曾有の大震災も、行動をともにした消防団員と災害に立ち向かった村民一人ひとりの対応によって乗り切ることができた。災害関連死三名こそ出したが、地震による死者や重傷者を出さなかった事実は後世へ伝えるべき大きな功績だ。だが、地震の影響からは、自身も苦渋の決断を強いられ、長年従事してきた牛飼いの仕事を放棄し、息子たちも村を離れる結果になった。しかし、失って得るのも人生だ。新たな職に就き、地震から得た教訓や村への思いから、村議会議員としての一歩を踏み出した。

村民の安全と笑顔を誰より願う消防団長の胸には、次代の栄村の進む道筋とビジョンが秘められている。

長野県北部地震　被害の概要

人的被害	死亡　３人（避難生活によるストレス、過労を原因とする災害関連死）
	軽傷　10人
建物被害	住家　694棟
	非住家　1048棟
ライフライン被害	簡易水道等　13施設
	農業集落排水　49か所
	合併浄水槽　195基
	道路　264か所
	河川　２か所
	治山　14か所
農業被害	農地　832か所
	農道　137か所
	水路　134か所
	ため池　５か所
公共施設等被害	役場庁舎、高齢者総合福祉センター、老人福祉センター、診療所、小・中学校、教員住宅（３棟）、公民館（21施設）、文化会館、農村広場、堆肥センター、農林産物処理加工センター、消防施設（21か所）、村営住宅（16棟）等
孤立被害（３月12日）	秋山地区（116世帯253人）雪崩による国道405号の通行止め
	小滝地区（19世帯49人）雪崩および土砂崩落による村道月岡志久見線の通行止め
	坪野地区（13世帯29人）雪崩および土砂崩落による村道天代坪野線の通行止め

『栄村震災記録集「絆」』（平成25年２月　栄村役場発行）より

料金受取人払郵便

長野東局
承　認

592

差出有効期間
令和7年8月
31日まで

(切手をはらずにご投函下さい。)

郵便はがき

381-8790

長野県長野市
柳原 2133-5

ほおずき書籍㈱行

郵便番号 □□□－□□□□

ご住所 都道府県 郡市区

電話番号（　　　）　－

フリガナ お名前	年齢 歳	性別 男・女

ご職業

メールアドレス

新刊案内メール配信を
□希望する　□しない

▷**お客様の個人情報を保護するため、以下の項目にお答えください。**

○このハガキを著者に公開してもよい➡（はい・いいえ・名前をふせてならよい）

○感想文を小社webサイト・パンフレット等に公開してもよい➡（はい・いいえ）　※匿名で公開されます

愛読者カード

タイトル	
購入書店名	

●ご購読ありがとうございました。
本書についてのご意見・ご感想をお聞かせ下さい。

●この本の評価　悪い ☆1 ☆2 ☆3 ☆4 ☆5 良い

●「こんな本があったらいいな」というアイディアや、ご自身の出版計画がありましたらお聞かせ下さい。

●本書を知ったきっかけをお聞かせ下さい。

□ 新聞・雑誌の広告で（紙・誌名）＿＿＿＿＿＿
□ 新聞・雑誌の書評で（紙・誌名）＿＿＿＿＿＿
□ テレビ・ラジオで　□ 書店で　□ ウェブサイトで
□ 弊社DM・目録で　□ 知人の紹介で　□ ネット通販サイトで

■ 弊社出版物でご注文がありましたらご記入下さい。

► 別途送料がかかります。※3,000円以上お買い上げの場合、送料無料です。
► クロネコヤマトの代金引換もご利用できます。詳しくは℡(026)244-0235までお問い合わせ下さい。

タイトル＿＿＿＿＿＿＿＿＿＿　＿＿＿冊

タイトル＿＿＿＿＿＿＿＿＿＿　＿＿＿冊

幕間　信州の秘境・秋山郷

国道405号と鳥甲山

美しい山や木々に囲まれた栄村の環境は「にほんのさと100選」に選ばれていますが、栄村でも特に「秘境」として知られる自然の宝庫が「秋山郷」です。

これは行政区分の地名ではなく、栄村南東部と新潟県津南町の西部にまたがった中津川沿いの地域を指す呼び名です。特に長野県に属するところは五宝木、小赤沢、屋敷、上野原、和山、切明の六つの集落から成ります。ちなみに長野県の南端（飯田市南信濃）には「遠山郷」と呼ばれるよく似た名前の秘境の地があります。

秋山郷は近年まで、冬は豪雪のために周囲から孤立するようなこともあったといいます。除雪作業が行きとどくようになった現在でも交通の便は良好とは言い難く、長野県から車で秋山郷へ向かおうとすれば、栄村から一度、新潟県へ出て、国道405号線を辿るのが一般的なルートです。しばらくは新潟県と記された道路表示が続きますが、やがて長野県のそれに変わると秋山郷に入ります。この道を進んでいけば、スコップで穴を掘って入る露天風呂で知られる、前述の切明という集落に行き着くものの、かつてはそこから先は道路らしい道路がない行き止まりの状態で、まさに「秘境」と

秋山郷の入口（国道405号）

いう言い方は大袈裟ではありません。

山間地域の秋山郷は、湯量豊富な温泉の里としても有名で、いくつもの温泉施設や民宿があります。特に秋の紅葉期には、県内外からの観光客が最も増加しますが、色づく山々の中、秋山郷を訪れただれの目にも印象的に映るのが、東の苗場山と西の鳥甲《とりかぶと》山です。第二の谷川岳と言われるほど険しい岸壁をもつ鳥甲山（標高二〇三七メートル）に対し、比較的な緩やかな斜面に広い湿原をもち、動植物の豊かな苗場山（標高二一四五メートル）は、それぞれに山好きを魅了してやまない個性を有します。

天池と鳥甲山

◆　◆

長野県の北方（北信）の地域には、江戸時代の文人墨客と縁の深い土地が幾つかあります。上水内郡柏原（現在の信濃町）は、小林一茶の生誕地です。上高井郡小布施町は、晩年の葛飾北斎が訪れ、数年間滞在しました。そして、栄村の秋山郷も江戸時代の文人とのつながりがありました。

江戸時代の商人にして文筆家の鈴木牧之《ぼくし》（一七七〇〜一八四二）は「秋山郷を紹介した人」といえるでしょう。越後の国・魚沼郡塩沢村（現在の新潟県南魚沼市）の商家に生まれた牧之は、商売の傍ら江戸をはじめ日本の各地を旅し、また当時の人気作家・滝沢馬琴や十返舎一九らとも親交があったといいます。

一八二八年、牧之は初めて秋山郷を訪れています。その後、出版には紆余曲折を経ましたが同地の様子をつぶさに記した『北越雪譜』や『秋山紀行』を遺しました。

鈴木牧之の著した『北越雪譜』（初編巻之上）の一節に「秋山の古風」があります。旅行記風に秋山郷の紹介をしています。


「信濃と越後の国境に秋山といふ処あり、大秋山村といふを根元《こんげん》として十五ヶ村をなべて秋山とよぶ也。」

「里俗の伝へに此地は大むかし平家の人の隠たる所といふ。」

「婚姻は秋山十五ヶ村をかぎりとして他所にもとめず。婦人他所にて男をもてば親族不通にして再び面会せざるを、むかしよりの習せとす。」

「稿《わら》にとぼしきゆゑ鞋《わらじ》をはかず、男女徒跣《はだし》にて山にもはたらく也。」

「此地の人すべて篤実温厚にして人と争ふことなく、色慾に薄く博弈《はくえき》をしらず、酒屋なければ酒のむ人なし。むかしよりわら一すぢにてもぬすみしたる人なしといへり。」

など、当時の秋山郷の風俗や暮らしの有様が非常に克明に、ある意味赤裸々にさえ記され、今に伝えられています。また、このときに牧之が実際に泊まったとされる民家も、屋根裏などがほぼ当時のまま現存し、現在は民宿として営業しています。

◆　◆

歴史的には周囲との交流が限られていたせいもあり、秋山郷には独自の文化が生まれました。たとえば「秋山方言」といわれる言葉は、独特のイントネーションや言い回しのため、近くの飯山市の人でもなかなか聞きとれないそうです。

地域の人でも「雪は厄介物」とは言っていますが、積雪の多い苗場山が生んだ伏流水のおかげで、水はおいしく、その水を使って育つ農作物の味が絶品なのも地元の人が一番よく知っています。そんな秋山郷では、食文化も独自の発展を遂げました。もともと平地が少ないため水田が作りにくく、冬は豪雪のため農作物の確保には腐心してきました。そんな中、「はやそば」や「あっぽ」は秋山郷らしさを伝える伝統食です。
「はやそば」は昔、秋山の方言で「ごちゃまぜ」という意味「とねんぼ」と呼ばれていました。そばといっても一般的な麺類ではなく、細切りダイコンを入れた緩めのそばがきです。昔から山で働いている人がお昼にこれを急いで食べて、すぐ山の仕事に戻ったという逸話があります。「あっぽ」は、秋山郷のおやきのこと。栄村でも平地のほうでは「あんぼ」といいますが、秋山の言葉では「あっぽ」。おやきと違うところは米の粉で生地を作るところです。昔は米が貴重でしたから、米の粉も無駄にしないという調理法です。中に包む「あん」にするのは野沢菜とか切り干し大根など。一度煮てから囲炉裏の中に入れて焼いて、灰を払って食べます。

平成三十年（二〇一八）八月、ＮＨＫのテレビ番組『きょうの料理』で、「藤岡弘、ふるさといただきます」と題されたシリーズの一編が放映されました。これは俳優の藤岡弘、が日本各地を訪ね歩き、土地の人とふれ合いながら地元の料理を作ったり食べたりする企画です。三回目となる今回は奥信濃編でした。

秋山郷のとある民宿を訪ねた藤岡弘、とＮＨＫの女性アナウンサーが、女将とともに「はやそば」や「あっぽ」を作って試食するという一幕もありました。初めて秋山郷を訪れた藤岡弘、は番組の中で開口一番、秋山郷の第一印象をこう語りました。

「ここは、まさに日本の原風景だなぁー」

◆

◆

本書後半の主役となる人々は、信州の秘境・秋山郷を舞台に、ここまでまだふれていない同地の〝らしさ〟に絡んで、それぞれの個性と力を発揮します。

参考文献
『北越雪譜』　鈴木牧之編撰・岡田武松校訂　岩波書店（一九三六年）

3

マタギの目は、村の将来を見据える

福原和人の章

マタギとは、主に東日本の山間地で集団狩猟を生業にする者をいい、その起源は、平安時代まで遡るとされる。マタギの語源は「山立《やまだち》」という古い呼び名が東北の方言で訛ったという説や、クマをも撃ち殺す猛々しさから鬼よりも「また」強いという意味で「又鬼」とする説など幾つもあるが、いずれも定説ではない。

マタギには、特定の地に留まって狩猟をする「サト」と、土地を渡りながら狩猟をする「タビ」とがある。江戸時代、現在の秋田県発祥の「タビ」の一人が、現在の新潟県と長野県の県境の大赤沢の地にやってきた。故郷に妻子はいたが、この地で一人の女性を見初めてしまった。さらに彼を迎えに来た息子もここの女性と恋に落ちて暮らすようになった……それから二百数十年。六代目の子孫の一人となる男が、大赤沢の隣の秋山郷・小赤沢の地区に住む。民宿「出口屋」の主にして栄村の村議会議長を務める福原和人である。

秋山郷に生まれ育つ

福原和人は、昭和三十七年（一九六二）三月、栄村の秋山郷に生まれた。生家は民宿を営み、父は生業も兼ねて趣味で周囲の山に出かけては狩猟をし、五歳上には兄がいた。

平地こそ少ないが、山に囲まれた秋山郷は、至るところが子どもの遊び場だ。幼い頃の和人は、兄に比べても活発で、さかんに戸外を駆け回り、スキー場のない土地柄でも冬は山スキーに興じた。

昭和四十三年、栄村立秋山小学校に入学。当時の秋山小学校は全校児童が五十〜六十人ほどいたが、和人の学年は極端に児童数が少なく六人しかいなかった。学校で教師に怒られれば、冬場は教室の窓から雪の積もった外へ放り投げられた。雪深いこの地では、積雪が適度なクッションになった。それは決して幼い心を傷つけ、後々まで恨みを買う体罰ではなく、子どもも「悪いことをしたのだから」と納得済みの「指導」だった。当時は教員住宅もなく、学校の教員たちも近くの家に下宿していた。学校では先生であっても、授業が終われば、子どもたちは友達の家に遊びに行くように先生のところを訪れたり、教員も招かれては保護者の家で食事をしたり酒を酌み交わしたりする交流がごく日常的にあった。

栄村立秋山中学校を経て昭和五十二年、長野県立飯山北高等学校に進学する。秋山郷に住む子どもは飯山の高校へ進学すると自宅からの通学は困難だ。親元を離れ、学校の近くへの下宿を余儀なくされる。和人も例外ではなく、飯山市内にあるスキー製造会社の社長が声をかけてくれ、会社の社員寮の空き部屋で同郷の先輩たちとともに共同生活を始める。

「こういう山の中から（中学卒業後に、その）上の学校へ行くとなると、当然親元から離れなくてはいけないということですが、まだまだ十五歳という年齢では不安のほうが多かったね。先輩もみんなそうしているのを見ていたから『当たり前』ではありましたけれど。それでも、実際には一度（家から）離れれば、頻繁には帰ってこられないしね……。で、高校へ入れば入ったで仲間は増えますが、入学当初は、その大勢の中にとけ込むまでに時間がかかったかな。今までは小学校も中学校も少人数の中でやってきたけれど、今度はいろいろなところから集まってきているわけで、みんな『町場の子』って感じがしてね。自分から見ると、大人びてるっていうか（笑）。そういう中にポツンと入るところから始まるわけです」

（福原和人談）

当時の飯山北高等学校は、一学年に六学級。全校で八百人近い生徒を抱える学校だった。和人にすればこれまでの生活に比してカルチャーショックを受けるには充分な環境の変化に違いなかった。

高校生活も三年目になれば、具体的な進路を考える時期になる。和人の場合は、実家の民宿の経営を含め、兄が家を継ぐことが必然と思われていたため、次男の気安さで、卒業後は県外への就職を希望していた。もとより高校在学中から遠くの地で暮らしてみたいとの憧れを含んだ欲求が高まっていた。両親は、あまり遠くの就職を望んではいなかったが、高校の進路担当教師とも相談をしつつ、横浜にある麺類の卸会社の営業職への就職を決めた。会社の専務が木島平村の出身だったことも縁となった。

昭和五十五年四月、横浜の地で和人の社会人としての新生活が始まった。新天地で徐々に仕事を覚えながら順風満帆の生活が幕を開けるかに見えた。ところが、和人の心には違和感が芽生えていた。

「都会の生活になじめないというのか……ね。営業の仕事自体がどうのこうのじゃなくて、憧れて出てきたはずの都会なのに、何か『俺は、ここでは一生住めないな』という意識をもち始めたんですね。もともと田舎で生まれ育ったもんで、そういった場所での暮らしのほうが自分の体に合うっていうか……。とにかく、（都会は）何でもかんでも『お金』だから。お金さえあれば、楽な生活もできるし、遊びも楽しめるんだろうけど。当時は給料だって少ないし、車も持てなかったし、思い切った楽しみができるわけでもないし……。そういった場所で生活するのが窮屈に感じられてきたんだね。自分の持っている肉体的なものが『都会は合わない』と感じてきたんです」

（福原和人談）

地方から都会に出てみて、利便さや暮らしやすさを感じる者も少なからずいるが、和人はまったくの逆だった。自らが生まれ育った環境を覚えた体には、都会での生活の間に感じる齟齬《そご》が日々大きくなった。結局、わずか一年半で横浜の会社を辞め、故郷へ戻ってくる。

高校生活の三年間を含め、四年半ぶりに秋山郷に帰ってみたところで、民宿の後継ぎになれるわけではなく、さりとて身近に就職先があるわけでもなく、二十歳を前に「無職少年」の状態だった。そんな頃、民宿の常連客の一人から就職口の紹介を受ける。「知り合いに、志賀高原のスキー場で、個人経営のホテルをやっている者がいる。そこで働いてみないか」と。

志賀高原は、下高井郡山ノ内町にある山々、湿原、湖沼などを含む一帯である。標高は一〇〇〇メートルを超えるため夏季の気候は冷涼、冬季は積雪が多い。戦前から観光地目的での開発が進められ、種々の温泉のほか、数多のスキー場を抱えるリゾート地として有名だ。

働くあてさえなかった和人としては、長期的な仕事ができる話は、まさに渡りに船だった。住み込みで世話になることを決めた。

主な仕事は厨房での調理業務。当初はスキー客の増える冬期間だけという話だったが、面倒見のよい社長とも馬が合い、やがて通年で働くまでになっていた。当時（昭和五一年代後半～）は日本の景気も、数年後に迎える「バブル崩壊」への途上にあったため、それなりに良好で、また折からのスキーブームも観光客やスキー客の増加に拍車をかけた。

「一年間を通してみると、五、六月は比較的ヒマで、七、八月は観光客が増えて結構忙しくなります。九、十月あたりで再び余裕が出るけれど、十二月からいよいよシーズンに入ると、翌年の四月頃まではとんでもない状態です。忙しくなる時期は、まるで戦争のようです。休みなんか取れません。朝早くから夜遅くまで働きづめです。当時の年齢からすると、いろんなところへ遊びにも行きたい時期なんですけど（笑）。そこでは、年間を通して住み込んでいる者なんて、ほとんどいないんです。忙しい時期だけ訪れる出稼ぎ者が多い。冬になると、東北からおばちゃんたちが集団でやって来ます。自分の母親くらい年が離れているし、言っていることも東北弁でよくわかんないんだけど（苦笑）、でも、そんな人たちとのふれあいが唯一のやすらぎというかね（笑）。忙しい冬場は、本当に拘束された感じの生活でした。最初のうちは夢中でやっていましたけれど、何年かすると『いやー、こういう生活もなかなか苦しいもんだ』って思うようになってね……」（福原和人談）

閑散期でも休暇を取りづらい職場の環境にもストレスを感じながら、それでも一年、また一年とホテルの厨房での経験を重ねた七年目。和人の身に、人生を変える大きな出来事が起こる。実家の民宿を継いでいた五歳年上の兄が病気で急逝したのだ。婚約を済ませて結婚式も間近、というときだった。一家を深い悲しみと大きな動揺が襲った。

両親は和人に対して何も言わなかった。しかし、福原家の次男は自らに人生に決断を下した。秋山郷に戻り、亡兄に代わって家業の民宿を継ごう、と。

クマを撃つ

急逝した兄の立場を継いで、二十六歳の和人は家業の民宿「出口屋」の手伝いを始めた。また、生前の兄が働いていた、自宅近くの山菜生産組合の仕事にも、代わりに従事するようになった。秋山郷の民宿は、繁忙期が限られている。冬場は村の臨時職員として、除雪の仕事にも携わった。また二年後には、近くで保育士をしていた同村出身、同い年の高橋桂子と結婚する。

こうして秋山郷に戻っての生活が軌道に乗った頃、和人は秋山郷ならではの新たな楽しみに出合う。きっかけは「狩猟をやってみないか」とのいとこからの誘いだった。父も狩猟をやっていて、子どもの頃はいっしょについても行った。だが、それ以来だ。ホテルの従業や民宿の手伝いばかりで、狩猟とはまるで無縁の生活だった。

「同じ集落に住む一歳年上のいとこと話している中で、そうなったんです。父親の姿を見ていたので、銃を持つことや獣を撃つことにも特段抵抗はなかったです。『せっかくここ（秋山郷）に住むようになったんだから資格を取ってみようか』となって、彼と二人で勉強したり講習を受けたりしました。銃を持つためには銃刀法、実際に山に入って狩りをするためには狩猟法、この二つをクリアしなければならないんです。試験は年に一度しかないので、その期間に合わせて勉強して受けるわけです」（福原和人談）

狩猟をするための資格を取るのは、さほどの難関ではないという。しかし、晴れて資格が取れたところで、大

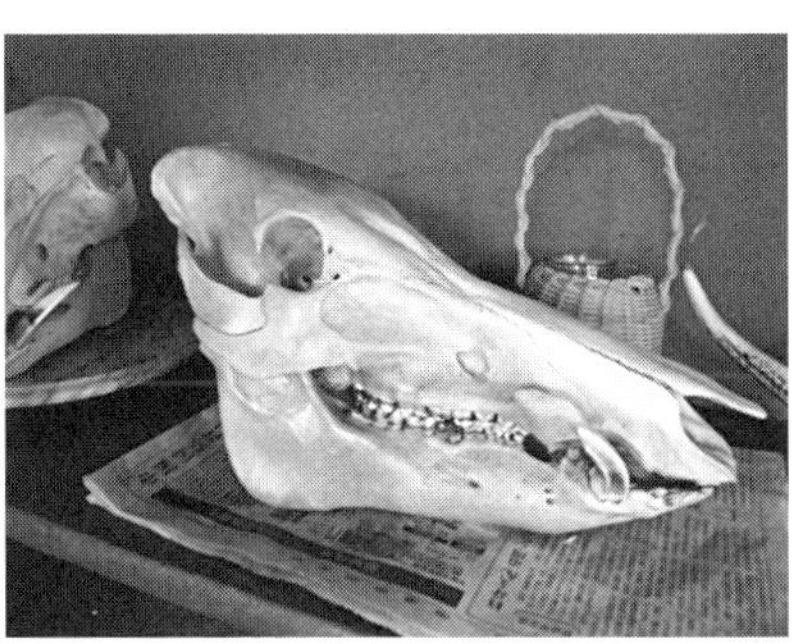

出口屋の玄関ではイノシシの頭骨が出迎える

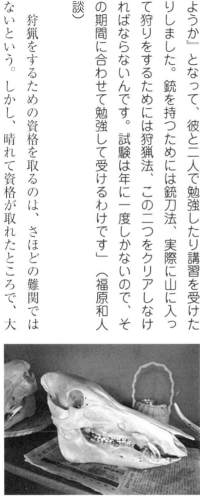

変なのはそれから先である。ペーパードライバーならぬペーパーハンターでいては意味がない。周囲の者は「言葉」でコツや要領を伝えてはくれる。獲物となる動物の足跡の残し方や、銃を持ったときの狙い方などは、仲間内の酒宴の席でさえよく話題に上る。しかし、いくら資格や知識があっても、自分自身で経験を積まなければ何もできないのが世の常だ。

まず、銃の所持に重い責任と自覚が求められる。銃を扱うことと厳しい戒めを自分に課すこととは表裏一体だ。猟の先輩からは言われた。

「これは凶器だ。一歩間違ったら大変な事故につながる。安全には常に心せよ。大切なのは獲物を狩ることでも何でもない。『命』だ」と。

具体的には、たとえ弾薬が入っていなくとも絶対に銃口は人に向けない。銃を持っての歩き方や歩く場所も配慮しなければならない。山道では躓《つまず》いて転んだり、雪の谷で滑って転げ落ちたりするアクシデントもあり得る。そんなときに何かのはずみで弾が発せられれば、他人の身を危うくする。銃を手にしたら、周囲の状況に気を配るようになれることも大事だ。

そして、適切に銃を持ち、扱いができた上で現場での実践となる。幸いにも和人は、幼い頃から慣れ親しんだ山＝狩猟のフィールドに囲まれて暮らしている。いよいよ故郷の山や川と、本当の意味で真向かい、自然と一つになって生きるときが来た。

「どこにいけばどれだけの獲物があって、どう撃てば……なんていう都合のいいマニュアルなんかまったくないので、とにかく経験するしかないです。最初のうちは、何度か親父に連れて行ってもらって、それとなく（コツを）教えてもらう。仕留めやすいように親父がウサギを追い出してくれたり、ウサギが潜んでいそうなポイントを推してくれたり……ね。そのうち独り立ちして山に入っていくんですが、そうは言っても簡単にはいかない。獲物なんかなかなか獲れないんですよ！　だいたい獲物がどういうところにいるのかさえわからないわけですから。とにかく、最初はウサギなどの小動物を仕留めることを目標にして、獲物がどういうところにいるのか、どうしたら仕留められるのかを山の中を歩き回りながら見つける。考える。そして、自分の体で覚えていくんです。でも、それは生活がかかっているという切実なものではなく、好きでやっているので楽しみでもありました。そうして少しずつ猟のやり方を習得していって、初めてウサギを仕留められたときなんていうのは……その感激といったら、これはもう……（笑）。親父なんか、その頃の様子を『鬼の首を取ってきたみたいな顔してたぞ』なんてよく言っていました」（福原和人談）

どんな習い事にもあてはまるが、とりあえず第一歩を記せただけでうれしい。次にステップアップしていく自覚が、またうれしい。どんどんできるようになっていく進歩が、さらにうれしい。和人の場合、その喜びは獲物を求めて故郷の山を歩き回り、狩猟に慣れながら獲物を増やしていく過程だった。秋山郷での狩猟の場合、小動物といえば大抵はウサギである。ある程度、技量に自信が出てくると、次に狙いたくなるのはさらに大型の動物だ。

また和人の場合、狩猟に興じながら単に獲物を狩ることを楽しむだけではなく、この地で代々人々が行ってきた営みである「雪国で暮らした祖先はこうやって生きてきたのか」を再確認し、追体験する機会でもあった。そして、その思いを突き詰めていく先と、さらに大きな獲物を……という欲求とは、一つのターゲットで交差する。

クマを撃つことだ。

秋山郷には古くからクマ猟があった。そして、それを支えるマタギの文化があった。鉄砲を使ったクマ猟の形態には主に三つの種類がある。複数で山中に入ってクマをおびき出して包囲し、仕留める「巻狩り猟」。単独もしくは少人数で、足跡などの痕跡をたどりながら獲物を追跡して撃つ「シノビ猟」。そして、冬に越冬の穴で冬ごもり中のクマを仕留める「穴熊猟」である。現代でマタギの猟法として一般的にイメージされるのは巻狩りで

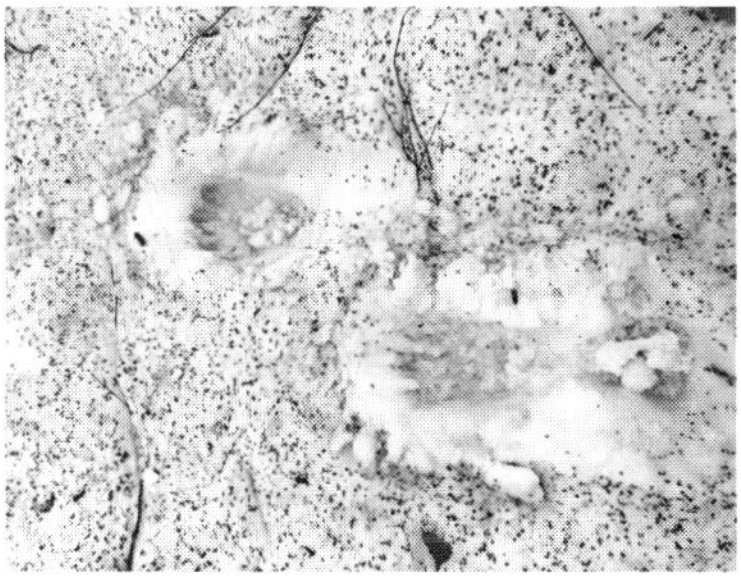
クマの足跡を発見

雪の残る山を行く

あり、村の猟友会に入り、和人が参加するようになったのもこの猟の方法だ。

巻狩りは、複数の人間が仕事を分担して行う。まず、「勢子《せこ》」と呼ばれる追い出し役が、クマを谷から尾根まで追いたてる。そこで待っていた「矢場《やば》」と呼ばれる鉄砲打ちが、猟銃で仕留めるという分業制だ。リーダーの下、数人が自分の仕事を全うし、連係プレーを実現して、はじめて猛獣のクマを狩ることができる。

「資格を取ってから三年経たないとクマ撃ちはできない。これは、栄村猟友会の規則なんですね。クマ猟に参加するのは、それ相当の経験を積む必要があるし、それだけ危険を伴うわけです。それでようやく解禁になって、大先輩たちが『今度クマ猟に連れていってやるぞ』と言ってくれて、うれしかったですね。三十歳で資格を取って狩猟を始めたので、その頃は三十三、四歳でした。クマ猟をするのは、四〜五月の残雪の時期、クマの冬眠明けのタイミングです。特別に許可をもらっていくんですけど……とにかく、これに〝ハマる〟んです。行けば、一シーズンに一、二頭は獲れます。方法は、巻狩りですから、役割は分担されます。最初の何年かは、当然ながらクマを追い出す勢子という下積みの役目です。それで何年かすると、ようやくクマを撃たせてもらえるようになります」

（福原和人談）

分担とチームプレーで行われる巻狩りには、教える者と教わる者という上下関係が存在する。仲間に入って、徐々に先輩たちの行動を見て慣れながら、クマ狩りを実地で覚え、数年をかけて撃つ立場になれる。さながら学生の部活動で例えれば、それまでは球拾いや補欠でいたのが、ある時期がくるとチームのレギュラーメンバーとして活躍できるようなものである。そうした時間を経て、初めて自分の銃でクマを仕留められたときの喜びは、猟師にとって筆舌に尽くし難い。

「先輩から教わったのは『一発で仕留めろ』です。今の（時代の）銃は、最高三発まで続けて発射できる機能があります。しかし、二発目、三発目の弾があるから……という気持ちが心のどこかにあると、どうしても一発目が甘くなる。一発必中、常に最初の一発で決める覚悟をもて、という教えです。相手は常に動いています。なかなか予測ができません。どこを狙うかというと、頭部が一番いいわけですが、的としては面積が小さい。やはり胴体部分です。手足では（致命傷にならないので）だめです。一発で仕留められれば、すぐに息絶えなくてもそれで動けなくなります。猟に参加して、初めて撃って獲物を得たときの感動は今でも忘れられません。そのときは、ことのほか大きなクマでした。よほど喜んでいたと見えたのでしょう。そのときばかりは、チームの長老が配慮してくれて、一番の若造だったにもかかわらず、獲物をここ（我が家）まで運ばせてもらえたんです。普通、獲れたクマは、その場で解体しないで、里まで引っ張ってきますが、行き先は狩りのチームのドンの家なんです。巨大なツキノワグマを仕留めた日の気持ちは『これで自分も一人前になりつつあるんだなぁ』という自信と自覚でした。もちろん、

クマは里で解体される

仕留めたクマを運ぶ

獲物を囲んで（前列左端が和人）

それはまだ猟の道の始まりであって、銃の扱い以外に積む習練があります。周囲の山を歩き回って、地形や特徴などを徹底的に知り尽くすことです。地形を覚えていると、山の中で足跡を見つけた場合に、このクマはどういう場所に移動しているんだろうと推測できる。あるいは、この奥の山はどんなふうになっているのかを知っていると判断の材料にもなる。そして、それらによって自分はどう行動すればいいんだろう、という見通しが立ちます」

（福原和人談）

周囲の山を歩き回って知り尽くす……これは、クマ猟のためだけに必要な習練ではない。もちろん、民宿の経営主としては、観光客への山案内に一役買える。和人の人生にとって幅広く役立つ仕事となり、時として人命の救助にも役立った。

山岳遭難救助

長野県警は、重大な遭難事故が多い山岳を抱える県内の五つの署に山岳遭難救助隊員を配属させている。また、志賀高原を管内にもつ中野署などには、地域課の警察官の中から特に選ばれた者による山岳高原パトロール隊が組織されている。しかし、面積が広い上に、四季を通して観光や登山による山岳への来訪者が多い長野県は、警察の救助隊員だけで対応するのは難しい。そのため、民間組織として「長野県山岳遭難防止対策協会（遭対協）」が組織されている。メンバーは、山小屋関係者や山岳ガイドら地元の山岳関係者で、遭難発生の場合には警察や消防の救助隊員と一緒になって救助活動にあたる。

「マタギの文化っていうのは、もともと冬眠中のクマを狙うものだったんです。近年は動物愛護などの立場からの批判もあったりします。だから特別に許可をもらって、狩りをするのは冬眠明けの時期だけです。でも、地元の山を歩き続けて、地形や気候などを知ることで身に付けた知識や経験が生かされるのは狩猟ばかりではありません。秋山郷を訪れる人の目的は、登山や山菜採りや渓流釣りなどさまざまですが、不幸にして遭難事故が起きてしまったときのために遭対協があります。長野県遭対協はいくつかの地区ブロックに分かれていますが、志賀高原地区遭対協は、志賀高原・北志賀・木島平・野沢温泉・高山・栄の6班、約120人で構成されています。我々はその中の『栄班』です。特段資格といったものは要らないのですが、地元の山の事情に精通している者のほうがいざというときには頼りになるということで、猟師などが誘いを受けます。親父も猟師をやりながら救助の仕事もやっていたので、私も狩猟を始めるようになってから入りました。また、栄村山岳遭難防止対策協議会救助隊という組織が存在し、メンバーは十四、五人ほどいて、そこで班長を務めています。実際に秋山郷で遭難事故が起きると警察からの要請があって出動します」

（福原和人談）

二十年近い経験の中で、地元警察の要請により出動する機会は何度もあった。しかし、その大部分は遭難者を無事に救出でき、事なきを得てきた。鳥甲山に高齢の男性二人が日帰りの予定で入山し、暗くなっても宿泊予定の宿に戻らないとの通報を受け、翌朝捜索に出かけると二人は登山道で離ればなれになっていたが無事発見できた。ところが、一人の遭難者からは礼を言われるどころか、怒りをぶつけられた。心配した家族が警察に通報したのを大袈裟に感じたり、捜索費用のかかることも気に障ったりしたようだ。後味は悪いが、人命が守られるのは何事にも代えがたい。

しかし、中には捜索するも犠牲者の発見で終わるケースもある。和人が経験した山岳遭難救助の中で、忘れ得ぬ事件となったのが平成三十年（二〇一八）十月に起きた、一度に二人の命が失われるという悲惨かつ、また謎の残った遭難事件だ。

平成三十年十月十一日。新潟県に住む七十歳代の二人の男性が来訪、入山した。午前中に「キノコ採りに行く」と家族に告げて出かけていたが、夜になっても帰宅しないため、家族から警察に届けが出された。

連絡を受けた飯山署員らが捜索すると、翌十二日に二人が乗ってきた軽トラックが苗場山三合目の小赤沢登山口にある駐車場で発見されたが、二人の姿は見つからなかった。その後も二十人態勢での捜索が続けられたが、手がかりは得られず行方は不明だった。また、二人とも携帯電話を持っていたが、電波が通じないか電源が入っていない状態だった。そして栄班に出動要請が下った。

「栄村山岳遭難防対協には隊長がいて、その下が班長です。班長は、栄班の行動の指揮を執る立場になります。今回はメンバーの半分くらいの人数が集まりました。まず警察から可能な限りの情報を教えてもらいます。その上で、捜索の範囲や方向を考えます。聞けば、これまでに何度かキノコ採りの目的などで三合目に入った経験がある二人だとのことです。しかし、二人とも七十歳代の高齢者で、一人が履いていたのはズック靴らしかったといいます。また、たいした持ち物を所持しておらず、キノコ採りといってもそれらしいザックも持っていないようでした。こうした情報からまず想定されるのは、すぐそのあたりで簡単にキノコを採ったらすぐに山を出ようとしていただろうという行動でした。だから、車の見つかった駐車場の近隣から探し始めました。以前、同じ苗場山の三合目付近でタケノコ採りにきた村外の二人が遭難したこともありました。このときは無事に発見できて、二人とも元気でした。ところが、今回は手がかりがまったくありません」

（福原和人談）

行方不明者の捜索は、複数の人間があたりに向かって呼び声を発しながら行われるが、もちろんそれに答える返事はない。和人は不思議に思った。今回は二人で行動していたのだから、たとえ一人が不測の事態に陥ったとしても、もう一人が助けを求めるなり、何らかの連絡をとるなりするはずである。二人とも消息のつかめないというのは通常では考えられない。そしてそれがどういう状況で引き起こされたのかも含め、どうしても引っかかった。だが、とにかく探すしかない。こうして一日が過ぎた。

翌十月十三日。前の日とは少しずつ探すポイントをずらしながら捜索が続けられたが見つからない。これはもっと捜索の人数を増やすべきだと消防団にも出動を要請した。そうした中、和人は予感していた。「二人はもう生きてはいないだろう」と。キノコ採りのために山に入った時刻が午後であること、その頃は雨が降っていてガスもかかっていたこと（だから遭難したのだろうが）。冷え込みも厳しい中、見つからないまま二日が過ぎている……絶望的な条件はそろっていた。しかし、仮にそうだとしても遺体はどこにあるのか。

翌十月十四日。朝から消防団も交えて多人数でのローラー作戦が展開された。それでも見つからない。当初の状況から考えれば、さほど遠くへは行っていない行動が前提となり、そのため駐車場付近の捜索を徹底して行ってきた。ならばより広範囲を捜索する必要が出てくるが、闇雲に捜索範囲を広げるわけにもいかない。そこで山の上のほうを探すチームと逆に下のほうへ向かうチーム、繰り返して駐車場付近を捜索するチームに分ける手段を採った。土地勘がある和人は、山を下っていくチームに先導として加わった。メンバーは、遭対協の副班長と和人、警察官が二人、消防署員が二人の計六人編成だ。

しばらく山を下りていったところに沢がある。和人はその場所へ向かうことを考えた。

長年、山の中を歩き回ってきた勘も働いた。そこは苗場山小赤沢ルートと、大赤沢新道の間の谷を流れる赤石沢と呼ばれる場所だ。そして、和人が「第一発見者」となる。

「とにかく沢に沿って下りていってみようと進んでいきました。何分か歩いていくと、足跡が見つかったんです。これは地下足袋のような形だと。捜索中は、何か発見や変化があると必ず本部へ連絡します。本部の指示を受けてさらに沢筋を下っていくと、今度は長靴のような別の足跡を発見しました。これで二人はいっしょに同じ方向に向かっていたんだという行程が推測できました。そしてまた進んで行くと、一人が『あそこに帽子がある！』って叫んだんです。帽子は見えたものの、複雑な岩場ですぐには行けない数メートル先のところでした。まず自分でそこまで行ってみました。すると帽子だけでなく、近くにはスーパーのレジ袋が転がっていて、中にはキノコが入っているんです。

〝これは間違いない〟ってことで、メンバーのみんながそこに集まってきます。しかし、自分がさらに進んで行くと、数メートル先の沢の流れの中に、体をまっすぐにして一人目がいたんです。頭を上流に向けて、体の半分くらいが水に浸かっている感じでした。本部に連絡して、そのまま沢の流れを追っていきますと、すぐその五メートルほど先に滝壺のようになっているところがあり、その中にうずくまるような姿勢で背中と腰のあたりが見えました。二人目の発見です。結局二人ともほとんど同じ場所で、しかし二人とも沢の流れの中で息絶えていたのです。そして、そこからは遺体の回収になります」（福原和人談）

和人こそ熟知していたが、この谷はかなり深く、土地に明るくない者が迷い込んでしまったら大変なところだ。小赤沢登山口の駐車場からは八百メートルほどの距離があった。この発見現場から遺体を移動させるのにはヘリコプターが必要だ。ところが、長野県警のヘリは他の仕事があってすぐには来られないという。消防の防災ヘリコプターを頼んだが、これも同様の返答だった。最悪、ヘリでの救助が叶わない場合は人力で搬送しなければならない。警察が死亡確認をしている傍らで和人は、この深い谷でどんなルートが考えられるか、少人数でも搬送が可能なコースをつなぎ合わせ、今までの経験をもとにプランを立てた。山の地形を知っていなければできない仕事だ。幸いヘリコプターが間に合ったが、場合によっては人力搬送が求められるケースだった。

「あの事故はね……おそらく二人で道に迷って、夜中まで歩いていたんだと思います。夜だけど、照明の道具を持っていない。だから沢の水の流れる音はわかるけど、真っ暗で足元も何も見えない。そんな中で、三、四メートルの段差を転落したと思うんです。あとから見つかった人は、頭蓋骨陥没が認められたそうです。たぶん頭から落ちたのでしょう、これが致命傷になったんだと思われます。もう一人は、外傷が見つからないっていうんですよ。でも後に病院で行った検死の結果、左の大腿骨が骨折していたことがわかりました。それで、ほとんど歩けなくなり、まだ息はあったんでしょうけれど、当日は雨が降っていたので、沢は増水していたに違いありません。そこで流れに足を取られたのかどうか……。

解剖の結果は、肺に水が入っていたことから死因は溺死とされたそうです。でも、細かい部分は一切わかりませんし、想像するしかありません。沢へ転落した人は、そのまま発見場所まで流されてしまったのでしょうが、もう一人は、それを悟って（あるいは悲鳴などを耳にして）、助けたくても自分も動けない。それで水にはまったまま衰弱して……と、でもこれはあくまで憶測にすぎませんし、警察もそのあたりは不明のままのようです」

（福原和人談）

全国からの観光客を自然の恵みでもてなす秋山郷の山々も、一歩間違えば〝地獄のとば口〟になる。気軽に出かけたキノコ採りが、思わぬ命取りになることもある。地元の人々にとって、山は生活の糧を得るための財産であり、尊い宝だ。常に手入れをし、管理をし、「山の恵み」さえ、決して全部は採らずに必要な分だけを採って、来年に向けて残しておく。山への畏れと、感謝と、節度を守る態度は欠かせない。

マタギの血を引く和人は願う。

「たくさんの恵みを与えてくれる山も、条件によっては大変危険な場所に変わる。山に入るのは穏やかな天候の日で、身支度を万全に整えてから、というのが地元民の常識。無理のない行動で山に入ってほしい」と。

村議会議長の思い

兄の急逝により、自らの意思で秋山郷に戻った和人は、民宿業の傍らで自宅近くの山菜生産組合の仕事にも従事していた。その組合長は和人の叔父であり、村議会議員だった。四期十六年を務め、引退を決めた叔父から後継を打診された。何人かを訪ねた末の要請だったらしい。予期せぬ話に「そんなこと、できるわけない」と即答した当時三十九歳の和人だったが、改めて考えてみれば断ってもいられない立場になったのかという考えも生まれた。村へ戻ってきて早十年以上が経つ。村の猟友会のメンバーとして、遭対協の一員として村に関わってきた経緯もある。「声をかけてもらったということは、地域も含め、村のために仕事をしなければいけない時期なのだろうか」との結論から、平成十三年（二〇〇一）の栄村村議会議員選挙に出馬、初当選を果たす。

「議員になったからといって、すぐに村のためになる仕事ができるかっていうと、決してそんなもんではなくて……（笑）。地域の声を村に届けるっていう役目はあるんだけれど、届けたところでそれが成果や実績につながるかというとなかなかね……（苦笑）。それでも何とかやってまいりました（微笑）。今思えば、地域のみなさんに『申しわけない』くらいですよ。そういう中で、巡り巡って今（四期目から）は議長ですから……。一つには、今の（村議会の）顔ぶれの中では古株になったこと、そして、議員の皆さんが『お前やれよ』と言ってくれたので『じゃあ、がんばろうか』と、やらせていただいているわけです」

（福原和人談）

村議会議員になって五期目、現在は議員を束ねる村議会議長も務める和人だが、遠慮がちな言葉で過去を振り返る中でも、二十年近い議員生活の中で身に染みて学んだ一点は断言する。

「地域の声、要望を村に伝えるのが議員の仕事ですが、やはり簡単にはいかないんだというのは痛感しました。それは、自分の努力が足りないんだろうし、時の村のトップとの関わり方もあるのだろうし……。今、議員の生活を振り返って思うのは、最初(議員になりたての頃)は、地域のためにもここで自分が何とかしなきゃいけないと思えば、行政に対してどうしても強く当たるんですね、強く。ところが、何期かやってきてみると、それが若かったせいなのかもしれませんが、強く当たったからといって相手が(こちらの要求を)呑んでくれるわけではありません。立場はいろいろあっても、相手も人間なんですね。だからこそ、相手に何かを伝えて成し遂げるためには、人間関係や信頼関係のあることが一番大事なんだということです。しかも、それがわかり始めたのも五期目に入ったごく最近ですね。議員をやっていると、村の行政ばかりではなく、さまざまな人と接する機会がありますが、どんな場合でもそれがしっかりできていないと、物事は先に進まないんだっていうことです」

(福原和人談)

議員が相手にするには野生のクマではない。いかにして相手を倒すかという世界ではない。いかなる地位や立場であれ、相対するのは結局は感情をもった一人の人間だ。それを踏まえた上での接し方の大切さを語る際の和人の口調は、何かを悟ったかのように非常に穏やかだ。

そして、栄村の将来への思いを語る。

「まずは人口の減少が問題になりますが、たとえ人口が少なくても、それがイコール消極的な村になるとは限りません。だから人口の多少にとらわれない、栄村らしい村の成り立ち方というのが必ずあると思うんです。それについて、今何が一番大事なんだと言われれば、課題はいっぱいあるわけで、それを一つずつクリアしていくしかないと思います。やはり若い人たちにも村に残ってほしいし、また（一度は村外に出て行っても）帰ってきてほしい。その手段となるには、村内に働く場所が必要になります。次世代を担う人間がいなければ、我々の意志はつながっていかないですから。

……議員という立場で、我々は村の代表のように物を言いますけれど、実は最も大事なのは、ここに住んでいる皆さん、村民の一人ひとりが村のこれからに前向きな気持ちが持てるかどうかです。『この村は人口も減っているし、年寄りが増えてなにもできない』なんて、マイナスな気持ちでいることが、村を不安にさせると思います。簡単ではありませんが、皆さんが同じ方向を向いて進める村になれることが必要です」　（福原和人談）

村政について語る際、和人は決して能弁ではない。立て板に水のごとく美辞麗句を並べるのではなく、むしろ村の将来を自らの心に一コマずつ描きながら、一言一句をかみしめて言葉にしているようにも感じられる。

秋山郷に生きる現代のマタギの目は、山奥のクマを追うとともに、村議会議長として村民の心が前向きに、一つになることを念じながら、次代の栄村の在り方をも的確に捉えている。

弥夢くん

福原家の一粒種・弥夢《ひろむ》くん。平成26年（2014）４月に栄村立秋山小学校へ入学、３年生になると在校生は弥夢くん１人となり、学校は村立栄小学校の分校に。それからというもの担任の先生と１対１の授業を受けつつ、月の約半分は車の送迎で自宅から30㎞も離れた本校へ通う生活を続けました。そんな姿はローカルのテレビ番組で何度も取り上げられ、今や栄村一の“有名人”になりました。

弥夢くんは令和２年（2020）３月、地元の人々に祝福されながら卒業。新潟県津南町の中高一貫教育の学校へ進学、新しいスタートを切りました。一方、秋山分校は「廃校」ではなく「休校」となって、いずれ再び児童を迎えられる日を待っています。

福原和人の宿　民宿「出口屋」

宿の隣から苗場山の伏流水が湧き出る。その“出口”があるから「出口屋」。

豊富な湧き水で作る豆腐は手作り。その水を利用して魚も自家養殖している。おいしい水で作れば料理のすべてがおいしい。

“マタギの宿”として、山肉（ジビエ）料理も提供、マタギの語る熊狩り話も好評。

出口屋外観

長野県下水内郡栄村大字堺18174-2　Tel・Fax 0257-67-2146
不定休

4

大阪から栄村へ
Iターンは愛ターン

坪内大地・恵理子の章

平成二十年（二〇〇八）、当時は最後となった自民党政権の麻生太郎総理大臣のもとで鳩山邦夫総務大臣が提唱した「地域力創造プラン」。別名「鳩山プラン」とも言われた、この地方創成のための目玉企画として翌年から制度化されたのが「地域おこし協力隊」だ。日本各地の過疎化や高齢化の進む地方で地域外の人材を積極的に受け入れ、地域協力活動を行うことを通して、その地への定住を図ろうという制度である。地方で働いてみたいという都市部の働き手の希望と、人手不足や人材不足に悩む地方の課題とを同時に満たそうというねらいがある。

その土地に生まれ、就職などによって一時的に故郷を離れた生活をしても、いずれは帰ってくる現象が「Uターン」と称されるが、出身地とは別の土地にやってきて、そこに定住する現象は「Iターン」と呼ばれる。栄村にも地域おこし協力隊への参加がきっかけとなって、結果的に村に定住するようになった者が何人かいる。その一人が大阪出身の坪内大地、そして栄村で妻になった恵理子だ。

ギターで自信、海外で度胸

坪内大地は昭和四十二年（一九六七）、大阪府池田市に生まれた。

「NHKで『まんぷく』というインスタントラーメンを生みだした安藤百福さんをモデルにしたドラマ（連続テレビ小説）をやっていましたが、池田市はその舞台です。大阪府の北のほうで、もう少し北へ行けば山。兵庫県との境には川（猪名川）が流れていまして、大阪といっても自然たっぷりなところです。子どもの頃は、絵を描くことが大好きで、絵画教室に通っていました。小学校の文化祭で、優秀作品に選ばれて地域の銀行に展示されたこともありました。性格的には非常におとなしくて、友達はいましたし社交的でもあったんですが、どちらかといえばいじめられる側のタイプでしたか。小学校時代はあまりええ思い出はなかったですね。そして、公立の中学校へ進みます。校内暴力が社会問題になった時代で、僕の一つ上の学年では、角材で先生を殴ってニュースになるような……そんなことが多々ありましたね（笑）。荒れるし、服装は悪いし……でも、その時期に人生最初の転機となることに出合うんです」

（坪内大地談）

大地が中学二年のとき、近所に住んでいた母方の祖母が他界した。通夜や葬儀のため、祖母の家には親戚が集まってくる。久々に兄貴格の二人のいとこと会うが、そこで「やってみるか」と誘われて教わったのがギターだった。やり始めたら面白く、あっという間にギター、それもハードロックを弾くことのとりこになってしまった。以来、弾き方を習うためにいとこの家へ通うようになり、教則本を離せなくなった。母親にねだって自分のギターを得るにも時間はかからなかった。

次に大地がしたのは、学校で学級担任にかけ合って顧問になってもらい、何人か集めてギター部を作ることだった。大地の通っていた中学校では、部活動は運動系、文化系それぞれ一つずつ入るように決められていた。運動系は陸上部に所属していたが、文化系には特に入りたいと思える部がなかった。だったら作ろうという大胆な行動だった。ギターを通して仲間も増えた。人前で演奏を披露すれば、周囲の人々が認めてくれる。それまで自信が持てるものが何もなかった人生で初めて〝これだっ〟という手応えを得た。

勢いは高校時代になっても続く。府立高校へ進学するも、軽音楽部がなかったため、フォークソング部に入部しつつ、ギターが上手いという評判が広がることで各方面でバンドをかけ持ち、隠れて他の高校の文化祭のステージで演奏したりもした。こうなったのも、きっかけをたどれば亡き祖母のおかげかと思いつつも、高校時代はハイテンポで過ぎていく。

次の進路を考える時期になった。父親が南海電鉄の機械技師をしていたこともあり、就職するにも理系がいいという先入観があった。結果、近畿大学の理工学部建築学科に進学する。数ある理系学科の中でも建築を選んだのには、幼い頃から好きだった絵を描くことに通じるだろうという見通しや期待があった。大学に入ってからも、もちろんバンド活動は続けていたが、ここで新たな世界にふれる。

大学で知り合った友人から海外の一人旅を持ちかけられた。大地も『アメリカ横断ウルトラクイズ』という視聴者参加型のテレビ番組の影響を受けていてアメリカへの興味はあった。結局「二人旅」となって、大学一年の夏休みに人生初の海外旅行を経験する。アルバイトで貯めた資金を元手に、足りない分は親から借金した。

以来、友人との二人旅や一人旅を度々経験していく。出かける先もアメリカ、東南アジア、ヨーロッパの各国と、世界規模に広がった。特に明確な目的をもって訪れる旅行ではないからこそ、地元の人と直にふれあったり、土地柄について身をもって知ったりする経験は広がった。特に印象深い当時の旅として、大地はモロッコやエジプトを挙げる。

「そういう国のほうが、ショッキングというんですか、予想外の体験ができるんです。たとえば、ピラミッドに行きたいと、ガイドブックの地図を見て路線バスに乗りますね。でも、運転手が途中でバスを降りて、そのまま自宅へ帰ってしまうんです。『きょうはここまで』ってなって。取り残された客たちからは、もう大ブーイングです。日本ではあり得ませんよ。で、待っていても仕方がないのでバスを降りて、乗り合わせた現地の人に聞くと『あのバス停で待て』って言われるんですが、待てど暮らせどバスなんか来《け》えへん。もう途方に暮れていると、地元の人の車が来て停まり『どうしたんだ』と。何とかわけを話せば『じゃあ乗れ』となって救いの手を差し伸べていただくわけです。そうやって苦労してようやくピラミッドまで行き着くと、すぐ横を日本の大手旅行会社のツアーの人たちが悠々と通り過ぎていくんです（笑）。

　でもこうした経験はパックツアーでは絶対にできない。知らないところへ一人で行って、知らない人とコミュニケーションを取ったり、片言の英語で何とか伝えようとしたり……と、苦労は尽きませんが、海外でそうしているうちにヘンな度胸がつきましたね（笑）。ただバイトして、音楽活動して、という大学生活ではなく、海外に飛び出してみることで経験が広がりました。テレビを通してただ見ていただけの世界が、十数時間して現実の風景になりますから『地球って広いんやなあー』って実感できましたね」

（坪内大地談）

海外旅行という新たな経験を織り交ぜながら大学生活の時間も瞬く間に過ぎていき、いよいよ就職を考える時期となった。時は平成になりたて、日本はバブル景気が崩壊直前の時期だったため、理系の学生にとって就職先は選び放題、〝超〟が付く売り手市場だった。大地は、大阪のある建設会社（ゼネコン）への就職を決める。大学で学んできた建築の分野と関係が深いのはもちろん、海外での現場も多くもっていたので「これは仕事で外国に行ける！」と、海外旅行の経験も生かせるのではないかという考えもあった。

現場の仕事を中心に四年ほど働いた。先輩にも恵まれ上々のスタートだったが、やはりデザインが生かせる設計の仕事がやりたいと願う気持ちが徐々に頭をもたげてきた。「三日・三か月・三年」と危機的状況に陥る時期がいわれるように、周囲では三年目のジンクスからか同年代の同僚が辞めていく姿も目に入っていた。大地なりに将来への見通しも含めて考えた結果、設計事務所への転職を決意する。

この年、平成七年（一九九五）。一月に阪神淡路大震災の起こった年だ。神戸では復興に向けた建築ラッシュとなり、設計の需要は多かった。神戸にある設計会社を受けて採用、設計仕事の補助から始めた。仕事内容はハードだったが、高層マンションなど「形に残る仕事」は魅力だった。また、その設計事務所は大震災の中でも焼け残った長田商店街の設計を担当しており、以前から近隣地域の仕事も多く手がけていたため「あそこの設計はいいぞ」という風評も追い風になった。

前職に比べれば、比較にならないほどの忙しい日々だったが、やはり三年ほどすると、今度は「自分の力で何かできないか」という新たな欲求が湧いてくる。次に目指すべきステップは独立だ。大阪でフリーのデザイナーやアーティストが集まって店舗を作る「阿倍野SOHOプロジェクト」という集団があり、そのメンバーたちに刺激を受けた大地は二度目の退職を敢行する。

平成十一年、自宅に事務所を設け、フリーのデザイナーとしての出発が始まる。これまでに培ったコネクションやパイプを生かしつつ、店舗をトータルデザインする仕事を請け負う事業を中心に据えた。プランニングから始まり、業務内容や客層に合わせて内装から小物、レイアウト、広告に至るまで総合的にプロデュースする会社を興した。

しかしながら、志は高かったものの、仕事と収入のバランスがとれず「これじゃしんどいなぁ」となり、起業に向いていない自分を自覚、一年ほどで自営から撤退、今度は広告会社へと就職する。

人生道の紆余曲折が多いこの時期、大地は結婚生活からも早々に撤退（？）している。

「設計事務所に勤めていたとき、大学時代にやっていたバンドのファンだった女性と結婚しました。海外志向が強いというのも共通でした。ところが結婚して間もなく、彼女が青年海外協力隊に応募して合格したんです。三年間の任期でネパールへと旅立ってしまいまして（苦笑）。帰ってくるとすぐに『また海外へ行きたい』と。それじゃ、結婚している意味がない。『じゃあ別れましょう』と僕から切り出しました。だから入籍期間は四年くらいでも、実際の結婚時間は一年に満たなかったんですね」（坪内大地談）

山への憧憬

再びサラリーマン生活に戻り、通算四度目のスタートとなった広告代理店での仕事は順調だった。これまでの経験を買われて即採用、会社は広告代理店といっても特殊で、ビルの屋上などに設置される看板を手がけていた。そのため、大地にとってはこれまでの仕事の中で身に付けてきた現場経験や、デザインワークなどのスキルをまんべんなく生かすことができた。結果的にこれまでの仕事の中では最も長期にわたって勤め、社内では管理職にまで進んだ。

仕事以外の面でも、同僚とのふれあいから新たな開拓を試みる。

「職場には自分より若い人も多くて、いろいろな趣味の人がいたんで、中にはアウトドア好きもいました。だから、社員旅行というと温泉ではなくキャンプに行こう！ってなりまして……（笑）。で、そのアウトドア派には、特に山好きの男がいました。年齢は自分より一つ二つ下、やはり途中入社でした。彼は中学の頃からワンゲルをやっていて、登山では大先輩でした。その彼から山登りに誘われたんです。最初は会社の同僚数人で手近な六甲山に行きました。そこからですね、また人生が変わったのは。僕も、彼もお酒は大好きでね。山に登って、いい景色見て、下山して、麓の有馬温泉で入浴した後にビール飲むんですが、こんなにうまい酒があったんか！　くらいに爽快でね（笑）。会社は大阪のど真ん中にありましたし、運動らしい運動もやっていなかったので、気分転換にはもってこいです。装備もそろえてだんだんと休日の山登りにはまっていきました」

（坪内大地談）

同僚と駅伝大会にて

数年して大地は、東京本社へと転勤になる。大手企業は東京のほうが多い。現場の経験がある大地は、営業しながらでも実際の建築に関わる話ができる技量を重宝され、より活躍しやすい場が与えられた。広告代理店という業務の性質から「一度東京で働いてみたい」と願い始めた大地にとっては渡りに船だった。

川崎市内に定めた住まいから、渋谷区にある本社まで電車通勤の日々に変わった。変わったのは仕事の規模も同じで、扱う物件の規模も金額もスケールアップした。そして、いつしか部下を育てる立場にもなっていた。そうした変化の中にあっても、大阪支店時代に味わった登山の趣味は形を変えて続けられた。スケジュールが合えば、当時の仲間と合流、八ヶ岳や北アルプスなどを目指した。

赤岳登山

「この頃になると、登山も本格的なものになってきまして（微笑）。冬山にも出かけまして、これが好きでした。知らない人は『なんでそんなしんどいのに登るん？』って思われますが、結局は最初に登った六甲山と同じで、やり遂げた後に待っている山小屋でのビールとか、下山した後での温泉や土地のうまいものにありつけるとか、それがいいんですね。衝撃的だったのは真冬に西穂高岳へ登ったときで、寝るときは雪の中にテントを張るわけです。だから寒くて、寒くて。マットを敷いてありとあらゆるもの着て、寝袋に足を突っ込んでそれからリュックに足を突っ込んで……って。夜間はマイナス二十度、それ以下ですからね。寒さで何度も目が覚めて……の繰り返しです。『ここは本当に日本なのか』っていう体験です。それから、真冬の閉鎖した後の上高地とかね。自分で『すごいことやってるんやないか』と思えるようで楽しかったですね。目的地に長野県の山が多いのは、近畿方面にあまりいい山がないというのと、東京に住んでいる自分が大阪の同僚たちと合流するのに（位置的に）具合がよかったという理由もあります」

（坪内大地談）

東京の広告代理店本社での仕事は同僚とのチームワークも良好で、収入も安定していた。苦しさや危なさまでもいい意味で充足感に昇華させられる登山の趣味も充実していた。妻がいないのを除けば、満ち足りた人生のようだった。

ところが、四十歳代の中頃になると大地は、不安のような焦りのような感覚をおぼえるようになった。……一人身で、毎日のようにコンビニ弁当の食事で、朝から満員電車で疲れ、サービス残業やサービス休日出勤は当たり前。遅く帰ってきて、朝も早い……。ふと我に返って「僕はこのまま東京での生活をこうして続けていくのか……」と思うと、決まって心に浮かぶのは田園の風景だった。山の麓の広い土地で暮らして、暇があればひょいと山登りに出かけられるような生活に対して漠然とした憧れを抱いた。

そう思い始めると、具体的な土地勘のあるところで「長野県に住んでみたいなぁ」という思いが徐々に形作られていった。イメージが固まれば、行動はさらに具体化する。水面下でリクルートに登録したり、転職の雑誌をあたってみたりと次なる生活への準備を進めていた。かつて別れた妻が関わっていた青年海外協力隊についても検索した。

そんなある日、インターネットで「地域おこし協力隊」の存在を知る。さらに詳しく調べてみると、目当ての長野県でも幾つかの自治体で隊員を募集中だとわかった。長野県も過疎化や高齢化の問題が切実な自治体が少なくない。しかし、多くのところでは募集対象に「四十歳以下」という年齢制限が設けられていて、四十五歳の大地には、応募さえ叶わなかった。その条件をクリアする長野県の自治体はわずか二件だ。

一つは南信の村、もう一つは県の最北にあるという村だった。両村の紹介記事を読んで行くと、後者の村は、活動する地域が「秋山郷」と称されるところで、ここを紹介する「苗場山の登山口」や「マタギ文化の伝承」という文句に強く心惹かれた。もちろん「長野県下水内郡栄村」だ。

大地はこれだと思った。今の生活に欠けているものがここにはあると直感した。もし採用されて、実際に働けるようになれば、これまでの職歴や、当時取得していた建築施工管理技士の資格も役立つだろう展開が予想された。名前さえ聞いたことのない村だったが「マタギ」という一語は、特に魅力的だった。ぜひ挑戦してみようと、応募への一歩を踏み出した。

まず応募票とともにレポートを提出する。それが認められれば村での面接試験となる。初めて赴いた栄村では自分も含め、三人の応募者がいた。あとで知ったが、採用は二人の予定だったものの三人全員を合格にしたとのことだった。

「村から合格をいただいた当時は〝ホントに決まっちゃった〟という感じでした（笑）。期待半分、不安半分というところですか。念願の山暮らしができるのが楽しみな反面、任期は最初から三年間と決まっていましたので、勤め上げたとしても四年目以降の人生はまったくの白紙なんですね。それでも東京時代に感じた将来への不安と比べたら、同じ不安でもこっちのほうがええわ！　と思えました」

（坪内大地談）

突然の退職表明に大阪支社と東京本社で十数年勤めてきた会社からは当然ながら引き留められた。しかし、大地の決意は変わらず、平成二十七年（二〇一五）三月をもって退職する。この時、坪内大地四十六歳。人生で何度目になるだろう新たな挑戦は、未知の地で始まった。

地域おこし協力隊

平成二十七年（二〇一五）四月、三年間の任期で栄村、秋山郷での地域おこし協力隊の仕事が始まった。

山に憧れ、マタギに魅せられて栄村に応募した大地にとって最高にして最適の任地だ。働く以上は、自らも秋山郷に居を構えた。「協力隊」とはいっても、村民の目線に立てば「よそ者」に映る。まずは、村と村民になじもうと青年団や消防団など、村人と直接ふれあえることを心がけた。生来の酒好きはコミュニケーションを深めるのに大いに役立った。

いざ仕事となれば、つい先日まで身を置いていた広告代理店の社員の目には、栄村の広報がもったいなく見えた。発信がそれぞれで行われていて、統一性のあるものにしたほうが効果は上がると考え、情報発信に最初の仕事の照準を定めた。まず手がけたのは、新しいパンフレット作りだ。自身の経験を生かしながら、外国人の観光客を呼び込もうと英語のパンフレットを作成した。栄村ではそれまでにあまりなされていなかった発想だった。

地域おこし協力隊の仕事には、先例や引き継ぎといったものがない。常に、臨機応変に東奔西走して八面六臂の活躍をする……つまりは「いつでも・どこでも・なんでも屋」である。着任すると、村内の集落探検に始まり、放置された水田の復活作業、水路の普請、地元の小学校の畑作業の手伝い……と、次々と任務をこなしていった。それは大地にとって栄村のありようを、一つずつ身をもって知っていく過程でもあった。また「秋山郷田植え体験」、伐採体験ができる「森と木の体験ツアー」、自身の特技を生かした「ギター教室」と、村おこしのためのイベント企画も次々と試みた。

一方で「土地を知らない者」としての視点も生かされた。秋山郷には、観光用に開放されている萱ぶきの民家がある。観光用といっても、ただ幾つもの民具が並べられているだけで、それらが何という名前なのか、どんな用途で使われたのか、そうした説明書きの類がまったくなかった。大地には違和感があった。紹介している以上、これではるばる観光に訪れた人には不親切ではないかと考え、民具の解説や説明書きの整備を行った。古民

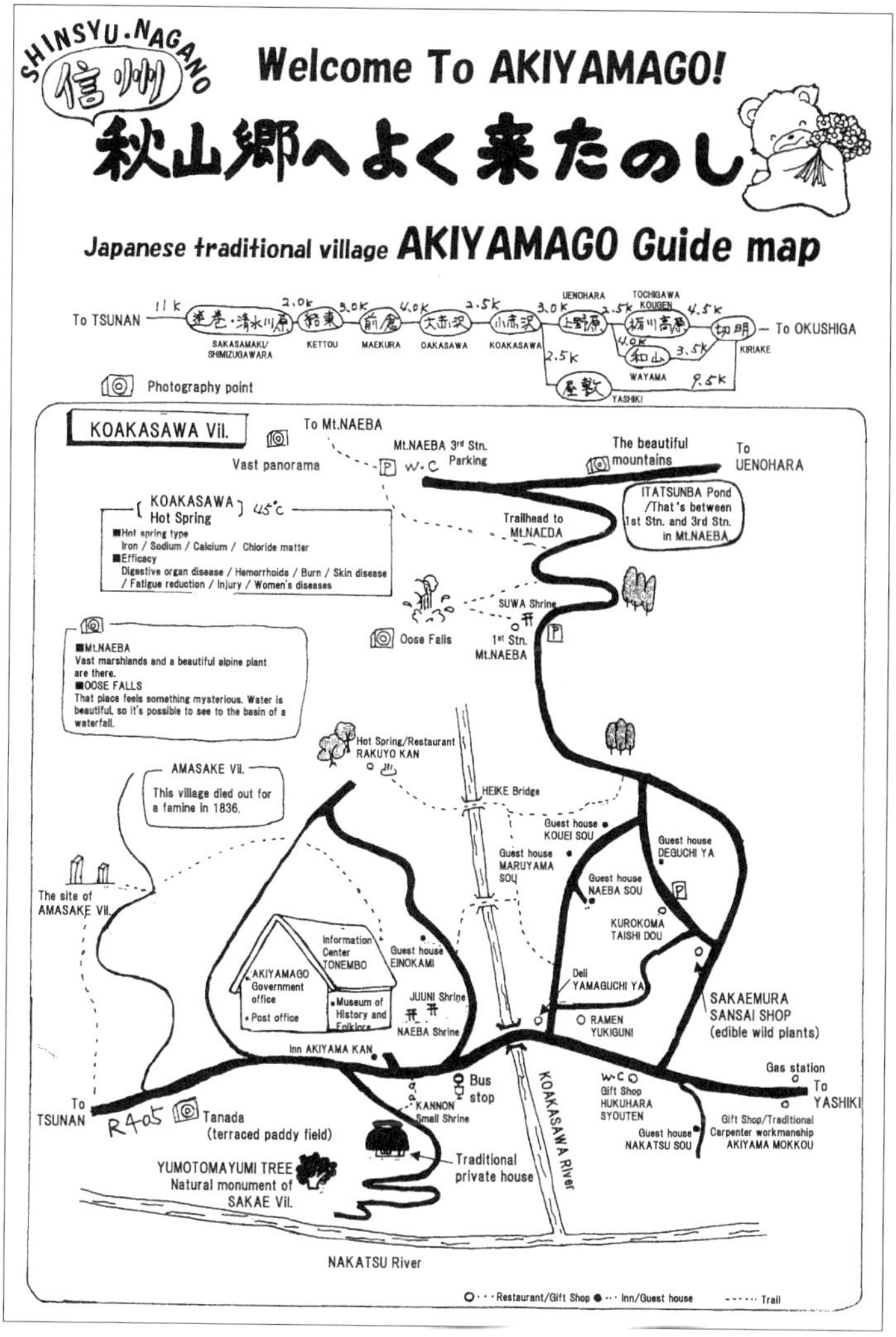

大地が手がけた英語版地図

具に新たな命が吹き込まれた。

仕事を離れては早速、最も興味深かったマタギの文化を求めた。面接試験前夜に行われた地域の区長や世話役らとの懇親会で、出口屋という民宿を営んでいる福原和人(3参照)というマタギの血を引く住民と知り合った。「猟師になりたい」との願いを知った福原の口利きもあり、猟友会から春クマ猟への誘いを受けた。願ってもない好機に「ぜひに」と大地は二つ返事で答える。

十年以上の登山歴、それも冬山登山の経験を積み重ねてきた身には、雪の山へ入ることに少なからず自信はあった。だが勝手が違った。

「意外かもしれませんが僕、農業には興味がなくて(微笑)……。よく田舎暮らしを始めた人の話を聞くと、無農薬の米や野菜を作りたかったから、なんていう理由が出てくるんだけど、僕はそういった方面にはまったく興味がなくて、(興味が向くのは)やっぱり山仕事なんですね。木を切って薪を作ったり、山の植物を採ったり獣を獲って生活するという、そういったことに憧れをもつんです。それで、赴任してすぐの四月中旬でしたか、最初は勉強ということで、和人さんを通して猟友会の春クマ猟に連れていってもらったんですが、驚いたのは冬山には慣れていたはずなんですが、歩いていく道の状態が全然違っていたってことでした。冬山登山では、完全装備で登山靴にアイゼン履いて、決まった道を登って行くじゃないですか。でも、クマ猟の人たちはそんなの関係なしです。藪の中は行くわ、足跡を見つけたとなればどんな急斜面も平気でトラバース（斜面を横断）して行くわ、それは衝撃的でした。で、僕は途中で足を滑らせて、二十メートルくらい滑落してしまったんです。幸いに木に掴まって助かったんですが、いや、これは本当に恐ろしいなと（苦笑）。で、これが、僕の山仕事の始まりでした」

（坪内大地談）

その後、免許を取って正式に狩猟にも参加できるようになったが、初体験で味わった、道なき道を自由自在に進んでいける猟師の「慣れ」の凄さと、山の怖さとはしっかりと身に染みた。

「山の話といえば、害獣の被害がけっこう多いんです。農家の人がせっかく作った畑が荒らされたとか、人生の唯一の趣味が台無しにされたとか聞きます。で、あそこにサルが出たから行ってくれとかお願いもされて行く場合があります。栄村は、クマ狩りのような伝統猟も大切だけれど、地域を守るっていう仕事もまた大事だってわかりました。サル被害が一番多いですね。サルは賢くて、地元の人がロケット花火なんかを使って脅かしてもすぐに戻ってきてしまいますが、鉄砲を持った人間が行くとしばらくは出てこなくなります。最近はシカが気になっています。秋山郷にはもともとシカはほとんどいなかったと聞きますが、近年は姿を見せるようになりました」

（坪内大地談）

こうして都会の暮らしとは違った意味で慌ただしく過ぎていった着任一年目。この一年間で二つ、地域おこし協力隊として忘れ得ぬ出来事に出合った。

一つ目は、冬の秋山郷にアイスクライミング用の人工氷瀑作りを試みたこと。日本でアイスクライミングの施設がある場所は大地が知る限り、県内では八ヶ岳の麓と川上村、あとは岐阜県にと、計三か所しかなかった。「これは、この地に作ってみる価値がある」と意気込んだ。冬場には観光客が少なくなる秋山郷にはもってこいの施設だ。

地元の小学校の校庭を借りて十一月、鉄パイプで高さ五メートルほどの骨組みを作り始めた。その後、雪が降り、寒さが厳しくなる季節に合わせて徐々に氷の壁を広げていきながら、最終的には氷の巨大カーテンのごとき人工氷瀑を完成させた。この画期的な施設を何とか生かそうと運用方法が検討されたが、結局は実現には至らなかった。数年後に近隣の村で同様の施設が作られ、無念さに拍車をかけたが、結果はともかく大地にとって忘れ難い大いなる挑戦となった。

二つ目は、一年目の任期が終わろうとする平成二十八年三月に起きた遭難事故だ。バックカントリーが目的で、カナダの男性スキーヤー二人が野沢温泉村から山伝いに秋山郷の山に入ってきた。テントを張りながら何日もかけて山から山へスキーで渡っていこうとしていた。ところが、鳥甲山で一人が崖下へ滑落してしまった。すぐさま一人が下山して地

坪内大地の挑戦
—校庭で人工氷瀑作り—

①

12月上旬
校庭に骨組みできる

②

1月上旬　製氷始まる

③

1月中旬

④

2月上旬　もう一息！

⑤

2月中旬　完成！

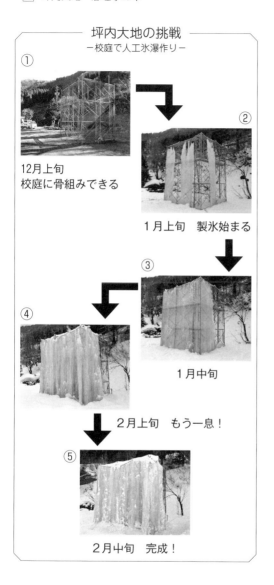

元の旅館に助けを求めた。

しかし、地元民も地元警察も日本語を喋れない彼の言うことが理解できない。そこで白羽の矢が立ったのが、外国経験豊富な大地だった。宿に呼ばれ、警察や消防の通訳として遭難した男性の服装、装備、食料の量など、捜索に必要となるデータのヒアリングに協力した。二日間の捜索の結果、残念ながら遺体発見という結果に終わったが、先行きの見えない捜索の続く間、言葉の通じない異国で思いがけないアクシデントに巻き込まれ、心細い彼の話し相手に唯一なれたのも、若い頃の大地の経験が生きた結果だった。大地は、最後にした彼との別れのハグが忘れられないという。

栄村は、日本有数の豪雪の地だ。雪が積もることなどほとんどない大阪の地で生まれた大地にとって、雪国に住むという経験も試練であり、またときには愉しみでもある。村に住み始めた当初は「冬が嫌で逃げ出さないでね」と周囲から冗談交じりによく言われた。冬山登山の経験も豊かな大地だったが、狩猟の場と同様にこれも趣味とは違うのを身をもって知った。生活に欠かせない車がスタックして動けなくなった。人生初体験だ。年末年始の帰省で家を空け、数日して戻ってみると屋根に積もった雪が薪ストーブの煙突を押し潰す光景にも出合った。とんだお年玉だ。しかし、それでも雪イコール苦難だけではないと大地は言う。

「秋山郷という場所は、一番近い市街地から車で四十分ほどかかる山間にあります。冬は県道や林道は閉鎖されて、国道一本のみが生活ルートになります。観光に来た人や県外の人と話す機会があると『移住したいけど冬が……』『国道だけで生活大変ですねー』とよく言われます。けれど、そんなのはもう昔の話なんです。今は毎日のように除雪していますし、オンデマンドバスもあります。自家用車だって性能のいいスタッドレスタイヤのお陰で安心して山道を走れます。むしろ市街地の雪道のほうが、スリップして前の車に追突するなどの事故が多くて怖いくらいです（笑）。雪のことを肯定的に言っているかもしれませんが、大阪出身の身には、雪に格別の思いがあります。真冬の晴れた日には、えもいわれぬ山の風景を見せてくれます。これは都会では絶対に味わえない景色です。そして、猟銃免許をとった私にとって雪は動物の足跡を残してくれる絶対に必要なものなのです」

（坪内大地談）

平成二十八年度。栄村での二年目も、苗場山麓ジオパークガイドに合格したのを皮切りに、仕事には慣れつつもさまざまな経験をする日々が続いた。そんな中、栄村になじみ、活動の幅が一層広がった大地だが、かつての仲間との交流も忘れてはいなかった。そして、それが運命の出会いを呼ぶ。

「僕が栄村で暮らすようになると、大阪時代の登山の仲間とか、東京時代の会社の友人らが長野県に遊びに来てくれるようになりました。その中で、僕が大阪時代にギターの演奏をやっていたライブハウスでアルバイトをしていた女性がいました。西村恵理子という名で四つ年下、当時は大阪で会社員をしていました。彼女もお酒が好きで、東京に来てからも、彼女が仕事で上京したときなど『一杯呑みに行こか』とか、年末年始に帰阪して年越しライブなんかやったりすると、そこで顔を合わせたりとかのつきあいはあったんです。で、今度は『長野に遊びにおいでよ』って誘ったんです。一年目は返事だけで終わってしまって、関西人同士なので『お前はイクイク詐欺かよ』なんて電話で言ったりもしていたんですが、二年目の秋には本当に来てくれたんですよ。ちょうど秋山郷の紅葉のきれいなときでね。五年ぶりの再会でした。彼女は二泊三日で来たのかな。秋山郷の民宿に泊めて、初めて遠くから来ても、それなりに喜んで

苗場山の登山道整備作業

もらえたとは思いました。で、帰る前の日『実はこれこれこうで、嫁に来ないか』という話をしたんです。そしたら度肝を抜かれたようでした」
（坪内大地談）

まるで不意打ちのごとく突然のプロポーズを受けた恵理子は、即答を避け、そのまま帰阪した。そして一週間ほどして電話があった「よろしくお願いします」という明確な返事に、今度は大地が嬉しくも驚いていた。

唐突かつ衝撃のプロポーズを受け、それに応えた本人が語る。

「そのときは、とにかく驚きました。仕事の休みが取れたので、二泊三日の栄村旅行という目的で来ただけでしたから。だいたい、それまでつきあっていたわけでも何でもないし……。まず、長野に移り住んだことでさえ、前の年の夏頃になって初めて電話がかかってきたときに聞いて初めて知ったんです。電話口で『今、長野にいる』って言うから、休みを使って旅行にでも来ているのかくらいに思ったんです。（わけを聞いて）〝えーっ、すごいなー〟とは思いましたけど（笑）。自分に置き換えて考えてみれば、東京の仕事も収入が安定していただろうし、その歳で辞めて転職してなんて〝すごい勇気やなー〟とは思いました。〝私ならできない〟って思いました。……でも、だからといって急にプロポーズされてもすぐに返事なんてできないですし……帰りの道中も〝そんなこと言われても……〟って思っていました。でも、ふざけて言っている感じでもないし、さんざん考えながら帰りました。私は、大阪に両親がいますし、弟もいるんですが（弟は）東京で家庭を持っていますから、大阪で働きながら親を看て……っていう、それなりに人生設計していたんで、まるで急にすごいところからボールが飛んできて、（それを）受けろって言われたような感じだったです。

で、だいぶ悩んだんですけれど、決めた理由は……彼とは二十年くらい前から知り合ってはいたんですが、栄村で会ったときに見た顔が、今までで一番生き生きしていたんですね。給料だって東京にいたときとは比べものにならなかったろうし、それでも『ここ』にはまったっていうのか、本当に楽しそうに仕事をしていたんですね。地域の人にもなじんでいて……それがちょっとうらやましかったっていうか。それと、彼がこれだけ生き生きやっているってことは、周りもいい人たちなんだろうなってことはすぐにわかりました。……だったら私も思い切って、って思えたんですね。もちろん一人では絶対に無理ですが、彼がいるんだったらということで返事をしました。彼はもう、ものすごく喜んでいました（笑）。でもあんまり遠いところへ（嫁に）行くもんで、もし、両親に反対されたら、やめていたと思うんですけど『よかったね』って言ってくれました」

（坪内《旧姓・西村》恵理子談）

平成二十九年七月、大阪から恵理子を迎え入籍。結婚式は山が色づく十一月、大地が住む秋山郷の屋敷地区の公民館で挙げた。

衝撃のプロポーズから一年が経っていた。この日は、地区の全員が参列して新たな夫婦の誕生を祝った。新婚夫婦も地区に古くから伝わる「嫁ころがし」をしてそれに応える。「嫁ころがし」とは風習の一つで、ござを敷いた新郎の家の前で新婦を転がしてみせることをいう。新婦のからだが転がることで、手や足が地面に付き、その家や土地と離れないようにするというういわれがあるという。参列した地区の古老が言った。「嫁ころがしなんて、何十年ぶりで見たことか」と。

冬が訪れても、大阪出身の夫婦は豪雪をも味方にする。

「今までは空き家となっていた一軒家を借りて住んでいますが、その我が家の敷地内にはどっさりと雪が積もります。妻が『かまくらでお酒や温かいお料理を食べるのが夢』と言っていたのを思い出し、とある晴天の冬の日、『よし！　かまくらは大変だけど、自宅の斜面を使って雪洞を作ってみよう！』と雪を掘ること約一時間。見事な雪洞ができました。

秋山郷のイベントで覚えた『雪のランタン』でライトアップすると立派な雪洞バーのできあがり！　かまくらではありませんが、ここで妻と二人、ゆっくりとお酒を楽しみました」

（坪内大地談）

ともに大好きな酒杯で育む新婚の夫婦愛は、秋山郷の豪雪や寒さをものともしない。

手作りの雪洞バー

私たちは栄の村民

平成三十年（二〇一八）三月、大地は三年間にわたった栄村の地域おこし協力隊の仕事を「卒業」した。起伏に富んだ三年間を述懐する。

「三年間やってみて実感するのは、地域おこし協力隊の仕事というのは結果が見えにくい世界なんですね。たとえば、坪内一人ががんばったおかげで村を訪れる観光客が百人増えた、二百人増えた、なんてことはありませんし、何かイベントを企画して、成功させたとしてもそれはそのときだけの一過性のものなので、それっきりじゃないですか。でも、三年間やって唯一『残せた』ものがあるとすれば、自分の郷土との絆を結べたことなんです。協力隊の在任中に『大阪の池田市に栄村の雪を持っていく』というイベントをやったんですよ。本来の行き先は、大阪の別の都市の予定だったんですれど、諸般の都合で頓挫してしまいました。もう予算化もされていたので『どうにかならんかな……』となって、子どもの頃から仲のよかったいとこを頼ったんです。彼は池田でイベント会社をやっていて、市にもパイプを持っていましたから。うまく話を通してくれて、行き場のなくなった栄村の雪を池田市に持っていけることになったんです。意外な展開でした。それで栄村の観光協会ともタイアップをして、池田で物産販売をしたり、キノコ汁を振る舞ったりしたんですけど、これが思いのほか好評でした。大阪はほとんど雪が降りませんから、そちらの子どもたちは雪をとても珍しがって喜びます。最後には余った雪をレジ袋に入れて持ち帰るほどなんです。そんな姿を見た現地の地域活性化に取り組む団体の親御さんらが『子どもたちが、こんなに目を輝かせて喜ぶのなら……』と、翌年から継続して行えることが決まりました。で、ありがたかったのは、最初は栄村の持ち出しでやってたんですが『これからは大阪側が予算を組んで雪の運搬を負担します』と言ってくださって、僕が卒業した後でも継続する活動になりました。協力隊の後輩が引き継いでくれています」

（坪内大地談）

こうして継続して行われる池田市のイベントは、大阪から秋山郷へ泊まりに来る観光客を生み出す結果にもつながっているという。

三年前、どちらかというと理想や憧れの気持ちから栄村に足を踏み入れた大地だが、数々の実績を残し、今や村にすっかりとけ込み、この地で新たな所帯を持つまでになった。

大阪から嫁いだ新妻が語る。

「私は大阪の阿倍野区、今はあべのハルカス（高さ三百メートルを超える日本一高い高層複合ビル）で有名になったところで生まれて育ちました。子どもの頃は、親戚の家へ行ってそこで畑なんかを見ると、ずいぶん田舎だなぁと思っていたくらいで（笑）、将来、山の暮らしをするなんて思ってもいませんでした。当時、大地からの電話で、初めて「栄村」という名前を聞いたときにも、長野県のどこなのか想像もつきませんでした。どうやって行くんだろうって、地図見て、ホームページ見たりしたけど、いまいちよくわからなくて……（笑）。関西に住んでいると、長野県自体があまり縁のないところで……私も学生のときにスキーで斑尾に来たくらいで、それもただバスに乗って行っただけなので、土地の印象は決して強いところではありませんでした。

……でも、実際に嫁いでみると、今までの生活と違いすぎて、何事も初体験ばかりですべてが新鮮でした。かえってとても楽しいんです。豪雪の土地なのに、雪かきのやり方一つ知らなかったんですから……。村に住むようになった早々、近所の人たちがとってもよくしてくれて、野菜などを持ってきてくださったりします。でも、初めて見る野菜もあって『これ、どうやって食べるんですか』って（笑）。でも、そこで親切に教えてくださるんですね。ユウガオは、大阪で見ないいんです。かんぴょうのもとになることくらいしか、なじみがありませんでした。トウガンとか、何となく似た野菜はあるんですけど。それから『野菜あげるから取りにおいで』と言われて近所の家にお邪魔すると、一升瓶がボンと出てきて、いきなり酒盛りが始まったり（笑）。で、大地が帰ってくると、私は家で酔いつぶれて寝ていたりとか（爆）。それから家の周りでサルを見かけるとか、窓を開けておくと家の中まで入ってくるとか、今までの暮らしでは絶対にあり得ませんでしたね」

（坪内恵理子談）

地域おこし協力隊の卒業後、妻とともに秋山郷への定住を決めた大地は、村役場の臨時職員の職を得た。

「協力隊の業務を通して知り合った津南町の印刷業者からの仕事をもらったりしていたんで、任期が終わったらフリーでデザインの仕事でもやろうか、なんてことも考えてはいたんですが、結婚したのでそんな不安定な生活じゃだめだと……（笑）。村内外のどこかにちゃんと就職して、と考えていた矢先、役場の人から声をかけていただきました。産業建設課で、定年後も嘱託として現場業務をやっている責任者の退職が近い。今のうちからいっしょに仕事をしながら覚えておいてくれないか、というお話でした。今は、冬場は雪深い秋山郷の除雪作業、夏は村道の維持管理の仕事をさせてもらっています」

（坪内大地談）

大学で建築を学んだ経験は今、建設という仕事に形を変えて再び生かされようとしている。妻も、新しい環境に慣れながら秋山郷で新たな仕事に就いた。

「ひと冬を越すまでは、〝冬の間は毎日吹雪いて、ずっと家の中でじっとしてるんかなー〟というイメージがありました（笑）。今までの生活からすれば、そんな認識だったんです。

でも新しい土地で暮らしてみれば視野が広がります。大阪で暮らしていたときには完全なペーパードライバーで、運転なんてまずしなかったのですが、栄村に住んでいれば、移動に車は欠かせません。最初は大地に『教官』になってもらって、付きっきりで運転の練習をしました。でも、大雪の冬道の運転はやっぱり自信がなくて、近くで働けるところはないか……と探していました。そうしたら、役場への就職が決まる前に大地が（その後の村での暮らし方の選択肢の一つとして）カフェ兼デザイン事務所を開こうとして借りる相談を進めていた、以前は食堂だった物件が秋山郷にあったんです。だったら、そこを私が使わせてもらおうということで、元の『ゆきぐに』っていう店名もかわいいので、名前もそのままにして食堂を始めました。観光で訪れた方、近くの役場の方、工事現場で働いている方などが来てくださいます。でも、わずか三年前には、今ここで食堂を一人で切り盛りしているなんて、まるで夢にも思わなかったです」

（坪内恵理子談）

坪内夫妻（秋山郷・小赤沢祭りにて）

大地は栄村への移住と、地域おこし協力隊の仕事を総括するようにこんな思い出を語る。

「結婚したら、地域の人たちが『娘が一人増えた』って言ってすごく喜んでくれたんです。妻と同じ年代の地元の女性たちは、他の土地へ嫁いでしまっていないものですから、そう言ってくれたんですね。だから定住ってことが、地域活性化の最大の成功例かなと(笑)。僕一人が住むんではなくて、嫁を連れてきたってことがすごく信頼を得て、地域の役員もやらせてもらえるようになりました。妻は自分のことを『坪内に嫁いだのは半分。あとの半分は秋山郷に嫁いだ』って言っていますけどね(笑)」

(坪内大地談)

ギター、海外旅行、山登りと、歳を経る中で身に付けていったスキルは、大地にとっては、やがて地域おこしのために役立つ資質を身に付ける修業だったのかもしれない。他人より多かった転職歴は、人生の幅を広げるための過程だったかもしれない。大地の栄村での真の活躍のときはまだまだこれからだ。しかし、断言できるのは、地域おこし協力隊への参加を通して、栄村に定住する一組の夫婦が誕生したこと、そして坪内大地にとって大阪から栄村への「Iターン」は、まさに「愛ターン」だったことだ。

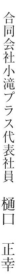

まだまだ行けるぜ！　栄村！

合同会社小滝プラス代表社員　樋口　正幸

本書に紹介された皆さんの生き方に触れ、勇気が出てきました。うん、うん……なんか納得しながら手を握りしめています。「まだまだ行けるぜ！　栄村は！」と。

二〇一一年三月十二日午前三時五十九分、突き上げる突然の衝撃。一瞬ですべてが破壊されてしまいました。震度6強の「長野県北部地震」発生。亡くなられた方がいなかったことが唯一の救いでした（後に三名の方が関連死認定された）。

私は、十七戸の小さな「小滝」という山間農村集落で豊かさを感じながら暮らしていましたが、積雪二メートルの中での地震により一瞬でどん底に突き落とされました。栄村がどうなってしまうのか？　小滝集落がなくなってしまう！　これからの生き方を変える大きな転機となったのです。震災後の一年間は残った集落の人たちと復旧に必死でしたが、明日の見えない暗闇をもがくだけでした。一番の理解者で頼りにしっぱなしの細君の「いやんじゃねん」の後押しに、三十六年間仕えてきた栄村役場を早期退職し、小滝集落の復旧復興に仕えていこうと決めました。五十四歳でした。どっぷり小滝に腰を据えてやれることに生きがいを感じ、みんなで前向きに取り組んできました。

その成果は震災二年後に策定した「小滝集落震災復興計画」に尽きるのであります。ビジョンは「三百年後に小滝集落を引き継ぐ」。どん底から、遥かな夢を掲げ歩み出したのであります。集落存続の礎は田んぼを守ること。誰も来なかった小滝に、集落外の人との交流活動を積極的に進めること。すべてのものが自慢できる資源と認識し自慢すること。倒壊される寸前の築二百年の古民家を再生すること。集落全員が主役としての存在感を持ってもらうこと等々。

集落が一丸となって取り組んできた甲斐があって多くの人との出会いがありました。小滝が輝いてきたような気がしてきました。そうした中で「小滝に戻りたい、行きたい。子育ては小滝でしたい」との若者たちの声が聞こえてきたのであります。心が震えました。「みんなで歩んできたことは間違っちゃいなかった……」。そして、二〇一五年に集落全戸が社員の「合同会社小滝プラス」が誕生したのです。

さらに小滝の取り組みに賛同した東京銀座の老舗子供服店「ギンザのサヱグサ」と連携

して小滝の米を「コタキホワイト」というブランドにすることができました。小さな小滝集落のこうした取り組みを栄村全体にどのように波及させていくことができるだろうか。夢に向かって歩み出したばかりですが、楽しいでことではないでしょうか……。

小滝で暮らすことが楽しくて、いつまでもみんなで力を合わせて暮らしていきたい、と今は思っている私ですが、村から出たことのない青年期は過疎化現象の中での格差感で、この地に魅力も価値観もなく、劣等感の塊だったのです。飾り気のない細君との出会いと、三人の愚息に恵まれたことが「小滝での暮らし」という価値観を気づかせてくれました。また、山道を歩きながら友人がポツンと言ったことで豊かな自然環境に関心を持つきっかけとなったのです。さらに、当時の栄村長の取り組みが、この地で暮らす価値観を見出させてくれたのです。知らぬ間に劣等感は消え去り、この地で暮らす豊かさを感じる心が育まれていました。子育ても楽しくあらゆる体験を与えてきました。それが今、愚息たちには宿っているような気がします。

南雲充子さん、保坂良徳さんは、小滝の隣の月岡集落の姉貴分、兄貴分です。子育て時期も同じで、よく存じ上げています。みっこ（充子さん）のユニークな発想と前向きな行動力には感服しているし、尽きない議論もしてきました。牛飼いをしていたよっちゃん（良徳さん）とは若き頃から仕事でも酒飲みでもお付き合いをしてもらいました。自分とはまったく違う仕事でこの地に暮らす彼には、魅力もあったし学ぶところは多分にありました。曲げない信念には敬服しています。

福原和人さんとは奥さんとの馴れ初めを知るほどの付き合いです。幼少からの息子の成長も遠くから見てきました。とても大きく魅力のあった彼の父親には仕事を通じ可愛がってもらいました。親父のイズムは引き継がれていると思うし、秋山郷での暮らしに誇りを持ち続けてほしいし、表現してもらいたいと思います。

坪内夫妻とはゆっくり会って話したことはありませんが、会ってみたいと思っていました。本書を拝読させていただき、ますます話をうかがいたいと思っています。

震災後の栄村の行方が気になっていた中、二〇二〇年四月に村長選挙が行われ、宮川幹雄村長が誕生しました。若き頃の劣等感からこの地で暮らす価値観を見出し、変わってきた私のように栄村で暮らす誇りを養うよう、新村長には村民をリードしていただきたいと期待感で一杯です。小さな小滝という集落の動きがモデルになるのであれば、ぜひ参考にしてほしいし、本書に紹介された方々と一緒に、それぞれが面白く前向きな生き方ができるように「栄村に暮らす真の豊かさ」という価値観を表現していただきたいと思います。それが村の中に連鎖していくことに期待します。

「まだまだ行けるぜ！　栄村！」

震災により栄村は多くの皆さんに支援をしていただきました。震災後十年目というこの時に本書が発刊されることは、おかげ様で今も歩み続ける栄村をお伝えすることができるとともに、改めて感謝の思いをお伝えする機会だと思います。これからも栄村へ、我々に会いに来てください。そして語り合いましょう。

最後に、素晴らしい人たちを見出し取材していただき、栄村の応援歌と言っても過言ではない本書の著者・山口真一氏に感謝と敬意を申し上げます。

ひぐち・まさゆき

昭和三十三年（一九五八）栄村生まれ。飯山北高等学校卒業後、栄村役場職員として勤務し、平成二十四年（二〇一二）退職。平成二十七年からは合同会社小滝プラス代表社員。

あとがき

二〇〇一年、長野県南端の下伊那郡根羽村の高原に、カエルの生態調査を究めようと私費を投じて茶臼山両生類研究所（通称「カエル館」）を開設した熊谷聖秀氏。やがて、カエル研究の専門家をして「場外ホームラン級の大発見だ」と言わしめた「ワンと鳴く」不思議な性質をもった当地特有の新種カエルを発見しました。さらに、それが「ネバタゴガエル」という名で村の天然記念物に指定され、村おこしの事業にまで発展していく経緯を綴った『ワンと鳴くカエル』を上梓したのが二〇一〇年。以来、さまざまなご縁があって県内各地の地域おこしを題材とした出版が続きました。

『ワンと鳴くカエル』　下伊那郡根羽村　（二〇一〇年）
『翔べ！　カッセイカマン』　下伊那郡下條村　（二〇一二年）
『信州駒ヶ根ソースかつ丼物語』　駒ヶ根市　（二〇一四年）
『信州伊那ローメン物語』　伊那市　（二〇一六年）

図らずも長野県を北上するように、順調な（？）展開を見せて、「信州の市町村応援」というシリーズにまでなりました。周囲からは「次は〇〇市ですか」「△△町ですか」などと言われることもありましたが、現実は容易ではありません。というか、非常に厳しいものがありました。

そんなある日、夕方のローカルテレビで「退職後、居酒屋を始めた栄村の元教師」というニュースに出あいました。教師から居酒屋店主へ転身というギャップにも興味をもちましたが、画面のテロップに示された氏名を見て「！」となりました。以前から知り合いだった彼に電話して「あなたのお母さんの名前は、もしや……」と聞けば「ミツコです」と。ここから、本書の企画がスタートしました。長野県を北上してきたコースは、一気に県の最北端へと移りました。

変わったのはコースばかりではありません。これまでのシリーズは、ローカルヒーローやご当地グルメといった一つのテーマありきで、それにまつわる人々やイベントを描きながら地域おこしのあゆみを語ってきましたが、何人かの村人の来し方を通して、地域の「らしさ」を浮き彫りにするというのは、新しい試みかと思います。

本書を読んで少しでも栄村に興味をもたれたなら、ぜひ秋山郷へ足を運んでみてください。特に秋の紅葉は見応えがあります。その際、食事は「ゆきぐに」、泊まるなら民宿「出口屋」、山を下りたら居酒屋「かどや」へも顔を出してみてください。

今回も多くの方々のお力を賜りました。取材に快く協力してくださった南雲充子様、保坂良徳様、福原和人様、坪内大地様・恵理子様、心より感謝です。序文を書いてくださった村長の宮川幹雄様、跋文を書いてくださった小滝プラスの樋口正幸様、そして今回の出版でもお世話になったほおずき書籍の木戸社長に御礼申し上げます。

二〇二〇年五月

山口真一

著者紹介

山口真一（やまぐち　しんいち）

長野県長野市生まれ
信州大学大学院修士課程修了
1992年第２回長野文学賞（評論部門）受賞
1998年第７回新風舎出版賞ノンフィクション部門最優秀賞受賞
2004年第１回創栄出版賞奨励賞受賞
著書に
『全員野球　中村良隆監督物語』
『ワンと鳴くカエル　信州・根羽村「カエル館」物語』
『翔べ！カッセイカマン　ローカルヒーローの聖地　信州・下條村の逆風への挑戦』※
『信州駒ヶ根ソースかつ丼物語　ご当地グルメに託したまちおこし』※
『信州・伊那ローメン物語　「食」から広がる町おこし』※
『信毎「やまびこ」50年　信州にこだます三行のユーモア』
ほか。
※ほおずき書籍刊

栄村に栄えあれ
信州最北の村にたぎる人々の力

2020年７月30日　第１刷発行
2020年８月７日　第２刷発行

著　者　山口真一
発行者　木戸ひろし
発行元　ほおずき書籍株式会社
〒381-0012　長野県長野市柳原 2133-5
☎ 026-244-0235
www.hoozuki.co.jp
発売元　株式会社星雲社（共同出版社・流通責任出版社）
〒112-0005　東京都文京区水道 1-3-30
☎ 03-3868-3275

ISBN978-4-434-27743-6